Janosch · Erich Kästner
James Krüss · Astrid Lindgren
Paul Maar · Eva Marder
Christine Nöstlinger · Hans Peterson
Margret Rettich · David Henry Wilson
Ursula Wölfel

Warten auf Weihnachten

Herausgegeben von Barbara Homberg

Bilder von Janosch

Verlag Friedrich Oetinger · Hamburg

Gesamtherstellung Mohndruck Graphische Betriebe GmbH, Gütersloh
Printed in Germany 1980
ISBN 3-7891-1701-3

Inhalt

David Henry Wilson – Warten auf Weihnachten

»Das Dumme an Weihnachten«, sagte Jeremy James, »ist die Zeit dazwischen.«
»Wozwischen?« fragte Mama – sie behängte gerade den Weihnachtsbaum mit Lametta.
»Zwischen irgendwann und Weihnachten«, sagte Jeremy James. »Zum Beispiel zwischen heute und Weihnachten. Wenn nichts dazwischen wäre, hätten wir jetzt Weihnachten, und ich brauchte nicht auf meine Geschenke zu warten.«
»Au!« sagte Papa, der eine Nadel in eine Papiergirlande und in einen Daumen gesteckt hatte. »Verdammte Stecknadeln! Gehen nie dahin, wo man sie hinhaben will.«
Es war noch schrecklich lange hin bis Weihnachten – genau eine Woche. Draußen sah die Welt wie ein riesiger Geburtstagskuchen aus, mit Puderzuckerschnee, Kerzenbäumen und Kandishäusern bedeckt. Die Leute auf der Straße waren ganz vermummt, man sah nichts als ihre roten Bakken, ihre glänzenden Augen und ihren Dampfatem. Drinnen war es mollig warm. Mama hatte die Zwillinge gebadet und gefüttert, das Haus geputzt, Mittag gekocht und den Weihnachtsbaum geschmückt, während Papa sich mit dem Aufhängen einer Papiergirlande beschäftigt hatte. Papier-

girlanden waren sehr schwer aufzuhängen. Besonders, wenn Papa sie aufhängte. Sie schienen einen richtigen Dickkopf zu haben, wenn Papa sie aufhängte: Wenn er ein Ende an der Wand befestigte, schlang sich das andere um seinen Arm und seinen Hals, so daß er es nur entwirren konnte, indem er das Ende, das er schon befestigt hatte, wieder rauszog, aber wenn er es abgemacht hatte, schlang es sich um seinen anderen Arm, und schließlich mußte er die Papiergirlande in der Mitte zerreißen, um seine Arme wiederzufinden. Papa konnte Papiergirlanden nicht leiden, und wahrscheinlich mochten die Papiergirlanden Papa auch nicht besonders.

»Mama«, sagte Jeremy James, »Papa lutscht wieder am Daumen.«

»Wir müssen wohl noch ein Pflaster draufkleben«, sagte Mama.

»Die Nadel ging glatt durch«, sagte Papa. »Noch ein Millimeter, und ihr hättet mich in eine Schmetterlingssammlung aufnehmen können.«

»Na«, sagte Mama, »hoffentlich erholst du dich rechtzeitig, damit du diese Papiergirlande noch vor Weihnachten aufgehängt kriegst.«

»Wie lange ist es noch bis Weihnachten?« fragte Jeremy James.

»Genau zehn Minuten weniger als letztesmal, als du danach fragtest«, sagte Mama. »Eine Woche, mein Junge. Sieben Tage und sieben Nächte.«

»Ich glaube nicht, daß ich so lange warten kann«, sagte Jeremy James. »Weihnachten müßte früher kommen.«

»Du kannst deine Geschenke morgen haben, wenn du willst«, sagte Papa. »Bloß, du wirst dann wohl nächste Woche enttäuscht sein, wenn alle anderen ihre Geschenke bekommen und du nichts.«

»Du kannst deine auch morgen haben«, sagte Jeremy James.
»Nein danke«, sagte Papa. »Sonst feiern wir Neujahr mit Ostereiern.«
Jeremy James konnte es kaum erwarten, Mama und Papa ihre Geschenke zu geben. Er wollte sie ihnen fast so gern geben, wie er wollte, daß sie ihm seine gaben. Er hatte eine Ewigkeit gespart und sich sehr viele Gedanken über die Geschenke gemacht, und er hatte sie heute ganz allein im Süßwarenladen an der Ecke gekauft. Jetzt waren sie an einer sehr geheimen Stelle versteckt, wo nie jemand auf die Idee kommen würde nachzusehen: unter seinem Bett. Es waren zwei Geschenke – das eine war eine bunte Schachtel Lakritzbonbons mit einem Rotkehlchen obendrauf, und das andere eine dicke Tafel Schokolade mit dem Weihnachtsmann drauf. Die einzige Schwierigkeit, die Jeremy James mit diesen beiden geradezu idealen Geschenken hatte, war zu entscheiden, wer was kriegen sollte. Er konnte sich gut vorstellen, wie Mama die bunte Schachtel aufmachte und sagte: »Hier, Jeremy James, nimm ein Lakritzbonbon.« Aber er konnte sich ebensogut vorstellen, wie Mama die Schokolade durchbrach und sagte: »Hier, Jeremy James, nimm ein Stück Schokolade!« Andererseits hörte er geradezu, wie Papa sagte: »Jeremy James, hier hast du ein paar Lakritzbonbons.« Aber Papa würde natürlich auch sagen: »Hier, Jeremy James, iß ein bißchen Schokolade!« Es war wirklich eine *sehr* schwierige Entscheidung.
Mamas Weihnachtsbaum sah immer mehr aus wie ein verzauberter Wald, und Papas Papiergirlande sah immer mehr aus wie Konfetti. Vielleicht war es am besten, sich auf Mama zu konzentrieren. Zwei Dinge wollte Jeremy James *zu* gern wissen: Würde Mama lieber Schokolade oder La-

kritzbonbons haben wollen, und was wird Jeremy James zu Weihnachten kriegen? Für Mama waren das ganz leichte Fragen, aber Jeremy James wußte aus Erfahrung, daß Erwachsene Fragen nicht sehr gern beantworten. Zum Beispiel hatte er Mama mal gefragt, wie die Zwillinge in ihren Bauch gekommen waren, und da hatte sie es ihm nicht gesagt, obwohl sie es genau gewußt haben mußte, denn es war ja schließlich *ihr* Bauch. Und Papa hatte er mal gefragt, wieviel Geld er hat, und er hatte es ihm auch nicht gesagt, obwohl er es gewußt haben muß, denn es war ja schließlich *sein* Geld.

Und an einem Sonntag hatte er sie mal gefragt, ob Jesus im Wohnzimmer sei, aber sie hatten ihm nicht geantwortet, obwohl sie es gewußt haben mußten, denn es war schließlich *ihr* Wohnzimmer. Erwachsene sind sehr schnell bei der Hand, wenn es darum geht, etwas zu fragen, zu befehlen oder zu verbieten oder einen anzutreiben, aber wenn man mal eine Antwort von ihnen will, können sie *sehr* umständlich sein.

»Mama«, sagte Jeremy James und spielte geistesabwesend mit seinem Zeh und einer Stechpalmenbeere, »was findest du besser – Schokolade oder Lakritzbonbons?«

»Ich finde beides gut«, sagte Mama.

»Ja, aber was ist besser?« sagte Jeremy James.

»Manchmal Schokolade und manchmal Lakritzbonbons«, sagte Mama. »Kommt drauf an, wie ich mich fühle.«

»Wie fühlst du dich meistens?« sagte Jeremy James.

Mama dachte lange und angestrengt nach. »Nachmittags Lakritzbonbons«, sagte sie, »und abends Schokolade.«

Erwachsene können einem manchmal wirklich auf die Nerven gehen.

Jeremy James machte noch einen Versuch.

»Und wie ist es morgens?« sagte er. Aber er wußte schon,

bevor sie geantwortet hatte, daß sie sich irgendwie herausreden würde.
»Morgens«, sagte Mama, »habe ich überhaupt keinen Appetit auf Süßigkeiten.«
Jeremy James trottete zu Papa.
»Papa«, sagte er, »was magst du lieber – Schokolade oder Lakritzbonbons?«
Papa schien sehr erfreut zu sein, Jeremy James zu sehen, und er hörte sofort auf, an der Papiergirlande zu arbeiten, um über diese Frage nachzudenken.
»Hm«, sagte er, »ich mag Schokolade lieber als rosa Lakritzbonbons mit Schwarzem in der Mitte, aber ich mag schwarze Lakritzbonbons mit Weißem in der Mitte lieber als Schokolade. Im großen und ganzen, alles in allem gesehen, grundsätzlich würde ich wahrscheinlich sagen, daß es sich ungefähr die Waage hält.«
Jeremy James' Gesicht wurde so lang wie der Bart des Weihnachtsmannes.
»Was magst *du* denn lieber?« fragte Papa.
Jeremy James' Gesicht wurde wieder kürzer. »Ganz einfach«, sagte er, »beides.«
Mama war jetzt mit dem Weihnachtsbaum fertig, er funkelte wie Diamanten und Smaragde.
»Ich helfe dir jetzt mit diesen Papiergirlanden«, sagte sie zu Papa.
»Danke«, sagte Papa. »Verflixte Dinger. Allein werd ich damit einfach nicht fertig.«
»*Du* nicht«, sagte Mama, mit starker Betonung auf dem *Du*.
Jeremy James steckte die Hände in die Taschen und trottete zur Wohnzimmertür. Seine erste Frage war in der Tat alles andere als beantwortet worden, und es schien wenig Zweck zu haben, die zweite zu stellen. »Wart nur ab«, würden sie

sagen, oder »Heiligabend wirst du ja sehen«. Aber im letzten Moment entschied er sich, doch noch zu fragen.

»Was kriege ich zu Weihnachten?« sagte er.

»Wart nur ab«, sagte Papa.

»Heiligabend wirst du ja sehen«, sagte Mama.

Erwachsene sind wirklich leicht zu durchschauen.

Und Papa zeigte Mama, wie Papiergirlanden aufgehängt werden *sollten*, und dann zeigte Mama Papa, wie Papiergirlanden aufgehängt werden *können*. Jeremy James ging aus dem Zimmer, die Treppe hoch. Er warf einen Blick in das Zimmer der Zwillinge, aber Christopher und Jennifer schliefen beide fest, und selbst wenn sie nicht fest geschlafen hätten, hätten sie ihm nicht helfen können. Babys waren ziemlich nutzlos. Alles was sie konnten, war essen, schlafen, schreien und Bäuerchen machen. Und die Windeln vollmachen. Babys waren, jedenfalls was Jeremy James anging, totale Nieten. Er konnte nicht begreifen, warum die Erwachsenen so viel Aufhebens um sie machten.

Jeremy James ging in sein Zimmer, kniete sich hin und holte zwei Päckchen unter dem Bett hervor. Kein Zweifel, es waren *sehr* verlockende Päckchen, und schon wenn man sie nur ansah, lief einem das Wasser im Mund zusammen. Wenn man aber erst den Inhalt der Päckchen sah, lief einem noch viel mehr Wasser im Mund zusammen. Mama und Papa würden Weihnachten wirklich *sehr* verwöhnt werden. Mehr als mit Schokolade und Lakritzbonbons konnte man einfach nicht verwöhnt werden. Außer natürlich, wenn etwas nicht in Ordnung war mit der Schokolade oder den Lakritzbonbons. Zum Beispiel könnten die Schokoladenfritzen ja unglücklicherweise aus Versehen einen Holzklotz eingepackt haben, und die Lakritzkerle könnten ja aus Versehen die Schachtel mit Kieselsteinen oder Murmeln gefüllt haben. Solche Sachen passieren

manchmal. Mama hatte mal ein Stück Bindfaden in der Suppe gefunden, und Papa fand immer kleine Insekten im Rosenkohl, und wenn die Suppenonkels und die Rosenkohlheinis solche Schnitzer machen können – wer weiß, wozu dann die Schokoladenfritzen und die Lakritzkerle imstande sind. Es war auf jeden Fall sicherer, man überzeugte sich davon, was *in* den Päckchen war.
Innen in dem Schokoladenpapier war Schokolade. Dicke, dunkle, weiche Schokolade, mit Rillen zwischen den Vierecken, wo man abbeißen konnte. Jeremy James hätte zu gern gewußt, ob die Schokolade auch so gut schmeckte, wie sie aussah. Vom Aussehen konnte man nie auf den Geschmack schließen. Zum Beispiel, als Jeremy James vor ein paar Wochen Husten hatte, gab ihm Mama eine Flasche mit einer wunderbar aussehenden roten Flüssigkeit darin, aber die wunderbar aussehende rote Flüssigkeit hatte brrks, grrks geschmeckt, und er hätte sie ausgespuckt, wenn man ihn nicht gezwungen hätte, sie runterzuschlukken. Nein, man konnte nie sicher sein, daß gutaussehende Sachen auch wirklich gut schmeckten. Die einzig zuverlässige Methode bestand darin, selber auszuprobieren. Man konnte ja das Silberpapier wieder glattstreichen, damit nicht auffiel, daß etwas fehlte . . . Und sowieso würde keiner merken, daß in der Schachtel zwei oder drei Lakritzbonbons fehlten, weil ja die anderen Lakritzbonbons zusammenrollen und die Lücke schließen würden . . . Die Schokolade und die Lakritzbonbons schmeckten wirklich ausgezeichnet, jedes Stück und jedes Bonbon.
An jenem Abend, genau eine Woche vor Weihnachten, hatte Jeremy James schlimme Bauchschmerzen. Niemand sonst in der Familie hatte Bauchschmerzen, aber – wie Papa sagte – Jeremy James konnte sich ja irgendwo was geholt haben. Gott sei Dank war er nach ein paar Tagen

wieder quietschfidel, aber Papa und Mama stellten jetzt öfter einen besorgten Gesichtsausdruck bei Jeremy James fest, und zwar besonders immer dann, wenn die Rede auf die Weihnachtsgeschenke kam. Aber am Heiligen Abend war das sorgenvolle Gesicht endgültig verschwunden, und Jeremy James konnte gar nicht mehr aufhören, von den Weihnachtsgeschenken zu reden. Er konnte es nicht mehr erwarten, seine Geschenke zu bekommen, und er konnte es nicht mehr erwarten, *seine* Geschenke zu verteilen, und er wünschte, die Zeit verginge schneller, und er würde heute nacht nicht schlafen, sondern auf den Weihnachtsmann warten, und er hätte zu gern gewußt, was der Weihnachtsmann ihm wohl bringt, und ob Mama und Papa wohl wußten, was Jeremy James für sie hatte? Er könnte es ihnen jetzt sagen, wenn sie wollten. Und er hätte auch nichts dagegen, wenn sie ihm sagten, was er kriegt. Er hätte nichts dagegen, seine Geschenke jetzt sofort zu verteilen *und* zu bekommen. Was, erst morgen? Meinetwegen, dann eben morgen. Aber wenn morgen nun nicht kommt?

Morgen kam, und es wurde das beste Weihnachten aller Zeiten. Der Weihnachtsmann hatte einen ganzen Berg Äpfel und Apfelsinen und Bilderbücher und Spielsachen und Süßigkeiten in Jeremy James' leeren Kopfkissenbezug gesteckt, und für die Zwillinge hatte er auch noch Spielsachen und schöne Anziehsachen gebracht, und als Jeremy James runter ins Wohnzimmer ging – mit dem glitzernden Baum und den fest angebrachten Papiergirlanden, sah es wie ein Märchenland aus –, fand er unter dem Baum ein riesiges Paket. In dem Paket steckte ein funkelnagelneues Dreirad, mit Klingel *und* Satteltasche. Aber die ungewöhnlichsten Geschenke waren die Geschenke, die Jeremy James seiner Mama und seinem Papa gab. Für Mama hatte er eine schöne Schachtel mit einem hübschen kleinen Rot-

kehlchen obendrauf. Innendrin waren ganz viele Kieselsteine, die Jeremy James sorgfältig von den Gartenwegen aufgesammelt hatte. Und für Papa hatte er ein schönes Päckchen mit einem lächelnden Weihnachtsmann obendrauf und Silberpapier darunter, und innendrin war ein wunderhübscher Holzklotz (aus Papas Werkzeugschuppen), mit einem Bild von Papa drauf, eigens von Jeremy James gemalt. Und obwohl Mama ein kleines Geräusch machte, das so ähnlich wie »Hmpf« klang, als sie ihre Schachtel und Papas Paket sah, lächelten Papa und Mama sich doch an, gaben Jeremy James einen dicken Dankeschönkuß und erklärten übereinstimmend, daß es sich ohne jeden Zweifel gelohnt hatte, auf diese Geschenke so lange zu warten.

Aus dem Englischen: Helmut Winter

Astrid Lindgren

Pelle zieht aus

Pelle ist böse. Er ist in einem solchen Grade böse, daß er beschlossen hat, von zu Hause wegzuziehen. Man *kann* einfach nicht weiter bei einer Familie wohnen, wo man in dieser Weise behandelt wird.

Das war morgens, als Papa ins Büro gehen wollte und seinen Füllfederhalter nicht finden konnte.

»Pelle, hast du schon wieder meinen Füllfederhalter genommen?« fragte Papa und packte Pelle hart am Arm.

Pelle hatte schon manchmal Papas Füller ausgeliehen. Aber nicht heute. Heute steckte der Füller in Papas brauner Jacke, die im Schrank hing. Pelle war vollkommen unschuldig. Und Papa, der ihn so hart am Arm gepackt hatte? Und Mama? Sie hielt selbstverständlich zu Papa. Das hört jetzt aber auf! Pelle hatte die Absicht umzuziehen.

Aber wohin? Er kann zur See gehen. Das kann er. Auf das Meer, wo die großen Schiffe und die großen Wellen sind. Dort kann man sterben. Dann können die zu Hause aber jammern. Er kann auch nach Afrika fahren, wo wilde Löwen umherlaufen. Wenn Papa dann aus dem Büro nach Hause kommt und wie immer fragt: »Wo ist mein kleiner Pelle?«, dann weint Mama und sagt: »Pelle ist von einem Löwen aufgefressen worden.«

Ja, ja, so geht es, wenn man ungerecht ist!

Aber Afrika ist so weit fort. Pelle würde gern etwas mehr

in der Nähe bleiben, damit er sehen könnte, wie Papa und Mama nach ihm weinen.

Pelle beschließt deshalb, nach »Herzhausen« zu ziehen. Herzhausen – so nennen sie das kleine rote Häuschen unten im Hof mit dem Herz in der Tür. Dort wird er hinziehen. Er fängt sofort an zu packen, seinen Ball, seine Mundharmonika und »Max und Moritz«. Und dann ein Licht. Ja, in zwei Tagen ist doch Weihnachten. Pelle will in Herzhausen Weihnachten feiern. Da will er dann sein kleines Licht anzünden, dort sitzen und »O du fröhliche, o du selige« auf der Mundharmonika spielen. Das wird sehr traurig klingen, und man wird es bis hinauf zu Mama und Papa hören können.

Pelle zieht sich seinen feinen, hellblauen Mantel und die Handschuhe an und setzt die Ledermütze auf. Er nimmt die große Papiertüte mit dem Ball und der Mundharmonika und dem Licht in die eine Hand und »Max und Moritz« in die andere.

Und dann geht er direkt durch die Küche, damit Mama sehen kann, daß er jetzt umzieht.

»Aber Pelle, willst du schon ausgehen?« fragt Mama.

Pelle antwortet nicht. Ausgehen, ha! Sie sollte nur wissen!

Mama sieht, daß Pelle eine tiefe Falte auf der Stirn hat und daß seine Augen so dunkel sind.

»Pelle, Liebling, was hast du, wo willst du hin?«

»Ich ziehe um!«

»Wohin denn?« fragt Mama.

»Nach Herzhausen«, sagt Pelle.

»Pelle, das kann doch nicht dein Ernst sein! Wie lange willst du dort wohnen?«

»Immer«, sagt Pelle und legt die Hand auf den Türgriff. »Dann kann Papa ja jemand anders beschuldigen, wenn sein alter Füllhalter wegkommt.«

»Lieber, guter Pelle«, sagt Mama und schlingt die Arme um ihn. »Willst du nicht doch bei uns bleiben? Wir tun dir vielleicht manchmal unrecht, aber wir lieben dich doch so sehr – so sehr.«
Pelle zögert. Aber nur einen Augenblick. Er schiebt Mamas Arm beiseite, wirft ihr einen letzten vorwurfsvollen Blick zu und wandert davon. Mama steht am Eßzimmerfenster und sieht, wie eine kleine, hellblaue Gestalt hinter der Tür mit dem Herz verschwindet.
Eine halbe Stunde vergeht. Dann hört Mama einige

schwache Mundharmonikatöne, die von Herzhausen herüberklingen. Es ist Pelle, er spielt »Nun ade, du mein lieb Heimatland«.
Herzhausen ist ein richtig gemütlicher Ort, findet Pelle. Für den Anfang jedenfalls. »Max und Moritz« und den Ball und die Mundharmonika hat er so heimelig wie möglich aufgestellt. Und in das Fenster hat er das kleine Licht gesetzt. Wie traurig wird es dort stehen und am Weihnachtsabend leuchten, falls Papa und Mama zu ihm heruntersehen. Aus dem Eßzimmerfenster.
Am Eßzimmerfenster steht immer der Weihnachtsbaum. Der Weihnachtsbaum, ach ja. Und – und – die Weihnachtsgeschenke. Pelle schluckt.
Nein, er hat nicht die Absicht, irgendwelche Weihnachtsgeschenke von Leuten anzunehmen, die behaupten, daß er Füllfederhalter stiehlt.
Noch einmal spielt er »Nun ade, du mein lieb Heimatland«. Lang, sehr lang wird die Zeit in Herzhausen. Was mag Mama jetzt machen? Papa muß inzwischen auch schon nach Hause gekommen sein.
Pelle würde so gern in die Wohnung hinaufgehen und sehen, ob sie sehr weinen. Aber es ist schwer, einen Grund dafür zu finden.
Dann hat er einen Einfall. Er öffnet rasch den Riegel an der Tür und geht, nein, springt beinahe über den Hof und die Treppen hinauf. Mama ist in der Küche.
»Mama«, sagt Pelle, »wenn für mich vielleicht Weihnachtspostkarten ankommen sollten, willst du dann wohl dem Briefträger sagen, daß ich umgezogen bin?«
Mama verspricht, es zu tun. Pelle geht zögernd wieder zur Tür. Die Füße sind ihm wie Blei.
»Pelle«, sagt Mama mit ihrer weichen Stimme. »Pelle – aber was tun wir mit deinen Weihnachtsgeschenken? Sol-

len wir die nach Herzhausen hinunterschicken, oder kommst du herauf und holst sie?«
»Ich will keine Weihnachtsgeschenke haben«, sagt Pelle mit harter Stimme.
»Aber Pelle«, sagt Mama. »Das wird ja ein schrecklicher Weihnachtsabend. Kein Pelle, der die Kerzen am Tannenbaum anzündet, kein Pelle, der dem Weihnachtsmann die Tür aufmacht . . . Alles, alles ohne Pelle . . .«
»Ihr könnt euch ja einen anderen Jungen anschaffen«, sagt Pelle mit zitternder Stimme.
»Nie im Leben!« ruft Mama. »Pelle oder keinen! Es ist immer, immer nur unser Pelle, den wir so liebhaben.«
»Ach so«, sagt Pelle mit noch mehr Zittern in der Stimme.
»Papa und ich, wir werden hier herumsitzen und den ganzen Weihnachtsabend weinen. Wir werden nicht einmal die Lichter anzünden. Wir werden nur weinen.«
Da lehnt Pelle den Kopf an die Küchentür und fängt an zu weinen, weint so herzzerreißend, so laut, so durchdringend – so fürchterlich! Er hat so großes Mitleid mit Papa und Mama. Und als Mama ihre Arme um ihn legt, drückt er sein Gesicht an ihren Hals und weint noch mehr, so sehr, daß Mama ganz naß davon wird.
»Ich verzeihe euch«, sagt Pelle zwischen den Tränen.
»Danke, lieber Pelle«, sagt Mama.
Viele, viele Stunden später kommt Papa aus dem Büro nach Hause und ruft wie immer bereits in der Diele:
»Wo ist mein kleiner Pelle?«
»Hier!« schreit Pelle und wirft sich ihm in die Arme.

Aus dem Schwedischen: Karl Kurt Peters

Paul Maar — Der doppelte Weihnachtsmann

Ich muß ungefähr sechs Jahre alt gewesen sein, als ich anfing, nicht mehr so recht an den Weihnachtsmann zu glauben.

»Gibt es den Weihnachtsmann eigentlich wirklich?« fragte ich Mama, als wir am Nachmittag gemütlich zusammensaßen und Weihnachtsschmuck bastelten.

»Du hast ihn doch oft gesehen«, sagte Mama. »Erinnerst du dich nicht an letztes Weihnachten, wie er hereinkam hier ins Zimmer, mit seinem langen Mantel und seinem weißen Bart? Wir haben doch zusammen Weihnachtslieder gesungen.«

»Jaja«, sagte ich. »Aber wieviel Weihnachtsmänner gibt es eigentlich?«

»Wie viele? Natürlich nur einen. *Den* Weihnachtsmann!« sagte sie.

»Und der kommt auch zum Klaus?« fragte ich weiter. Klaus war mein Freund. Er wohnte ein paar Häuser weiter.

»Ja, natürlich«, sagte Mama.

»Und zur Elke nach Paderborn auch?« Elke war vor zwei Monaten mit ihren Eltern nach Paderborn gezogen.

»Ja, zu Elke auch«, sagte Mama.

»Und zu den Kindern in München und in Hamburg?« fragte ich.
»Zu denen kommt er auch!«
»Wie kann er denn am gleichen Abend in München und in Hamburg und in Paderborn sein?« fragte ich.
»Wie er das kann, weiß ich auch nicht«, sagte Mama. »Er kann es halt. Dafür ist er eben der Weihnachtsmann. Als Weihnachtsmann kann er vielleicht an zwei Orten gleichzeitig sein.«
Damit waren meine Zweifel aber noch lange nicht verschwunden. Ich hatte sogar einen bestimmten Verdacht.
»Wieso ist Papa eigentlich nie dabei, wenn der Weihnachtsmann kommt?« fragte ich.
Mama tat erstaunt. »Ist er denn nie dabei?« fragte sie.
»Nein«, antwortete ich. »Jedesmal sagt er am Weihnachtsabend, er müsse noch was erledigen, und dann geht er weg. Und gleich darauf kommt dann der Weihnachtsmann. Und wenn der Weihnachtsmann mit dir und mir Lieder gesungen hat und wieder weggegangen ist, dann kommt Papa zurück und fragt uns, wie es denn gewesen sei mit dem Weihnachtsmann!«
»So ein Zufall!« sagte Mama. »Ich werde Papa sagen, daß er diesmal dableiben soll, wenn der Weihnachtsmann kommt.«
Als Papa am Abend nach Hause gekommen war, hörte ich die beiden in der Küche halblaut miteinander reden. Ich ging leise zur offenen Küchentür, um zuzuhören.
»*Du* kannst es jedenfalls nicht mehr machen«, sagte Mama gerade zu Papa. »Er hat etwas gemerkt.«
»Aber wer denn dann?« fragte Papa.
»Vielleicht Robert?« sagte Mama. »Wir haben Robert doch sowieso zu Weihnachten eingeladen. Da kann er ja . . .« In diesem Augenblick sah sie mich in der Tür ste-

hen, brach mitten im Satz ab und sagte zu mir: »Du mußt jetzt mal in dein Zimmer gehen. Wir wollen gerade etwas Wichtiges besprechen. Etwas, das nur die Erwachsenen angeht.«
Damit schob sie mich in mein Zimmer, und ich konnte nicht erfahren, was die beiden wohl besprechen wollten.

Drei Tage später war Weihnachtsabend. Wir saßen im Eßzimmer und warteten auf den Weihnachtsmann. Und auf Onkel Robert. Onkel Robert war der Bruder von Papa. Er wollte dieses Weihnachten mit uns feiern.
»Wo Robert nur bleibt?« sagte Papa und schaute auf die Uhr. »Er wollte doch schon längst dasein.«
»Es schneit. Vielleicht kommt er mit dem Auto nicht durch«, sagte Mama.
»Hoffentlich hast du nicht recht«, meinte Papa und schaute wieder auf die Uhr.
Wir warteten eine Viertelstunde, eine halbe Stunde, und ich fragte alle fünf Minuten, wann denn der Weihnachtsmann käme. Aber er kam nicht. Und Onkel Robert auch nicht.
Papa wurde immer ungeduldiger. Plötzlich sprang er auf, ging aus dem Zimmer und rief uns im Hinausgehen zu: »Ich muß noch 'ne Kleinigkeit erledigen. Es dauert nicht lange, ich bin gleich wieder da!«
Ich fand es sehr schade, daß Papa gerade jetzt weg mußte. Ich hatte Sorge, der Weihnachtsmann könnte vielleicht wieder gerade dann kommen, wenn Papa weg wäre. Und wirklich: Papa war kaum fünf Minuten aus dem Zimmer, da klopfte es an die Tür, und der Weihnachtsmann kam herein.
Es war wie jedes Jahr: Erst fragte er mich, ob ich auch immer schön brav gewesen wäre. Dann sangen wir zusammen

»Stille Nacht«, und dann gingen alle hinüber ins Weihnachtszimmer.
Nach einer Weile sagte Mama: »So, lieber Weihnachtsmann, jetzt hast du dir einen ordentlichen Schluck verdient, jetzt darfst du in die Küche gehen und was trinken!« Und der Weihnachtsmann ging in die Küche.
Kaum war der Weihnachtsmann hinter der Küchentür verschwunden, da hörten Mama und ich vom Flur her laute Schritte und Gepolter.
»Um Gottes willen!« rief Mama, irgendwie erschrocken. »Nein, Robert . . .«
Da ging die Tür auf. Aber es war nicht Robert, der hereinkam, sondern der Weihnachtsmann. Weiß der Himmel, wie er es geschafft hatte, von der Küche aus in den Flur zu kommen! Vielleicht war er aus dem Küchenfenster gestiegen und zum Flurfenster wieder herein. Er kam direkt auf mich zu. Ich war so damit beschäftigt, meine Geschenke auszupacken, daß ich ihn gar nicht weiter beachtete. Schließlich hatten wir uns ja eben lange unterhalten und zusammen ein Lied gesungen!
»Na, willst du denn gar nicht aufstehen?« fragte der Weihnachtsmann mit tiefer Stimme und baute sich vor mir auf. Erstaunt stellte ich mich vor ihn hin.
»Nun, bist du denn auch immer brav gewesen?« fragte er und schaute mich streng an.
»Das hab ich dir gerade doch schon gesagt«, sagte ich erstaunt.
»Wann gerade?« fragte der Weihnachtsmann.
»Na eben«, sagte ich. »Bevor wir zusammen gesungen haben.«
»Wann sollen wir gesungen haben?« fragte der Weihnachtsmann ganz ratlos.
Ich wußte nicht, ob er wirklich so vergeßlich war oder ob

er vielleicht einen Spaß machen wollte. Ich sagte mal überhaupt nichts.
»Was haben wir denn angeblich gesungen?« fragte der Weihnachtsmann weiter.
»Na, ›Stille Nacht, hei‹ . . .« So weit war ich gerade gekommen, da schaute ich zufällig zur Küchentür hinüber. Und da sah ich etwas so Verwunderliches, daß ich aufhörte zu reden und mit offenem Mund staunte. Mama hatte doch recht gehabt! Der Weihnachtsmann konnte wirklich an mehreren Orten gleichzeitig sein. Denn der Weihnachtsmann stand nicht nur vor mir, mit seinem langen Mantel und seinem weißen Bart, er stand auch gleichzeitig in der Küchentür, hatte ein Glas Wein in der Hand und schaute verblüfft zu uns ins Zimmer.
Als der Weihnachtsmann sich sah (oder muß man sagen: Als die Weihnachtsmänner einander sahen?), machten beide kehrt, gingen hastig aus dem Zimmer und klappten die Tür hinter sich zu.
Nach einer Weile kam Papa zurück. Und mit ihm Onkel Robert, der inzwischen auch eingetroffen war.
»Stellt euch vor, ich habe den Weihnachtsmann doppelt gesehen!« erzählte ich ihnen gleich aufgeregt.
Aber sie gingen gar nicht darauf ein, sondern meinten nur, es sei höchste Zeit, daß wir nach all diesen Aufregungen mit dem Weihnachtsabendessen begännen.
Was sie allerdings mit »Aufregungen« meinten, ist mir nie ganz klargeworden. Denn schließlich waren Papa und Onkel Robert ja gar nicht dabeigewesen, als *ich* diese aufregende Weihnachtsmannverdopplung erlebte!

Janosch
Der Bär und der Vogel

Es war einmal ein Bär, der lebte ungefähr eine Meile weit weg von den Leuten am Fuße eines Berges in seiner Höhle.
Im Sommer ging es ihm gut, denn er hatte eine Bienenzucht und deswegen beinah immer soviel Honig, wie er nur wollte. Denn Honig war seine Leibspeise. Auch sammelte er Beeren im Wald, fing am Fluß Forellen, kurzum: Im Sommer lebte er dort wie im Paradies.
Dazu kam, daß die anderen Waldtiere und nicht zuletzt die Leute vom Dorf ihn gut leiden konnten, denn er war friedlich, leutselig, immer zu einem kleinen Spaß aufgelegt. Bosheit und Hinterlist kannte er nicht, und wenn ihn selbst einer einmal hänselte, foppte, ihm gar einen Streich spielte, verzieh er's ihm schnell, denn wenn's dem Bären gut geht, braucht er niemanden zu beißen.
Er war, und das darf hier auch gesagt werden, für die anderen Tiere im Wald wie ein lieber Großvater. Wenn er abends vor seiner Höhle saß und der Sonne zuschaute, wie sie unterging, kam der eine oder andere und flüsterte ihm seine Sorgen ins Ohr. Und schon war alles besser.
Und dann kam der Winter.

Auch da ging es ihm nicht schlecht. Denn er hatte einen warmen Pelzmantel aus Bärenfell, und weil er nicht dumm war, hatte er im Sommer kleine Vorräte angelegt. Hatte Beeren getrocknet und daraus, vermischt mit Honig, eine fabelhafte Winterspeise bereitet. Hatte Laub in die Höhle getragen, damit es ihm nicht von unten her kalt werden konnte. Hatte auch saubere und glattgestrichene Blätter von Buchen gesammelt, auf denen er im Winter die Geschichten des letzten Sommers lesen konnte, die Käfer und Würmer dort hineingeschrieben hatten.
Auch der Winter war also keine schlechte Zeit für den Bären. Und dann kam so ein Winter, der war kälter als jeder Winter zuvor. Der Wind hatte ihm den Schnee bis direkt vor sein Bett geweht. Die Luft war wie kaltes Glas, und im Wald war es still, still. Als ob es auf der Welt keine Töne mehr gäbe. Weil sie in der Luft erfroren. Weil sie tot in den Schnee fielen. Und wenn der Bär hinaus wollte vor seine Höhle, mußte er sich durch den Schnee graben.
Und dann kam die große heilige Nacht.
Der Mond stand oben allein, und weit, weit weg flimmerten die Sterne, heller als sonst und ganz klar.
Dem Bären war es so kalt wie nie zuvor, und er redete mit sich selbst. Das macht manchmal etwas warm.
»Ich werde in das Dorf gehen. Vielleicht treffe ich einen, den ich kenne, und er nimmt mich mit nach Haus an den warmen Ofen. Oder wir wärmen uns gegenseitig Fell an Fell. Vielleicht schenkt mir einer eine Brotsuppe. Das wärmt auch. Also los, alter Bär, mach dich auf die Pfoten!«
Er rieb sich die Nase warm und grub sich aus der Höhle. Kalt war es. Viel kälter, als er innen in der Höhle gedacht hatte.
»Will jemand mit mir ins Dorf gehen . . . hen . . .«, rief er in den Wald hinaus, aber das Echo kam sofort zurück, war

gar nicht weit gekommen, war an der Kälte zurückgeprallt.
»Dort ist heut Weihnachten«, rief der Bär. Etwas leiser jetzt.
»Ist da niemand . . .«
»Niemand . . .« rief das Echo zurück, und das Wort fiel erfroren in den Schnee, keiner hat es gehört.
Da stapfte der Bär allein los, ging den Fluß entlang über die schmale Brücke, noch eine Meile weit, im Sommer ein Weg nicht einmal zu lang für eine Maus. Aber jetzt so weit wie von hier bis zum Himalaja. Und für einen allein zu gehen doppelt so lang.
Manchmal blieb er stehen, legte die Pfoten an die Schnauze und rief:
»Ist da niemand, der mitgeht in das Dorf? Keiner? Heut ist Weihnachten bei den Menschen. Ein schönes Fest . . .«
Niemand, keiner kam, und als es immer kälter wurde, der Weg ohne Ende war, fiel der Bär nach vorn und konnte nicht mehr weitergehen. Da kam ein kleiner Vogel gehüpft. Setzte sich auf sein Ohr, war ein Hänfling. Er kannte den Bären vom Sommer her. Sie hatten sich manchmal die Beeren geteilt, die der Bär gesammelt hatte:
»Eine ich und zwei du. Eine ich und zwei du . . .«
»Kalt ist«, sagte der Vogel. »Trag mich ein Stück, Bär! Kann nicht mehr fliegen wegen der Kälte. Und ich sing dir was vor, ja!«
Da stand der Bär wieder auf, nahm den federleichten Vogel auf die Pfote, hauchte ihn warm, und der Vogel sang ihm ein Lied ins Ohr. Wie früher, wie im Sommer. Das wärmt.
Der Bär ging weich und vorsichtig, um das Lied nicht zu stören.
Es war mitten in der Nacht, als sie ins Dorf kamen. Die Leute waren in der Kirche und sangen.

Aber der Küster ließ die beiden nicht hinein. »Bären und Vögel haben hier keinen Zutritt«, sagte er. »Das ist eine Vorschrift, und ich kann keine Ausnahme machen. Geht einfach nicht. Alte Frauen könnten sich ängstigen. Morgen vielleicht, wenn die Kirche leer ist oder wenn mehr Kinder da sind, die würden sich vielleicht freuen. Aber heut nicht, heut nicht.«

Schlug die Tür zu und war weg.

Dem Bären und dem Vogel war's inzwischen egal. Sie spürten die Kälte nicht mehr, denn wenn du einen Freund gefunden hast, ist alles nicht mehr schlimm. Sie setzten sich neben die Kirche, und im Auge des Bären war so ein schönes Licht, an dem der Vogel sich die Flügel wärmen konnte. Jetzt hätte er wieder fliegen können unter ein warmes Dach, aber er blieb. Der Himmel war das Dach über ihrem Haus, und die Welt hatte keinen Anfang und kein Ende.

Dann kamen die Mütter und Väter mit ihren Kindern aus der Kirche.

»Was ist denn dort mit dem Bären?« fragten die Kinder.

»Ist der echt, er bewegt sich ja gar nicht.«

Die Mütter und Väter zogen die Kinder an den Händen weg, es war schon spät, und es war kalt:

»Na los, kommt schon.«

Als das Lied des Vogels immer leiser wurde und der Bär sah, daß der Vogel die Augen schon zu hatte, verbarg er ihn vorsichtig und warm zwischen seinen Pfoten. Rührte sich nicht, um ihn nicht zu wecken.

Aber auch dem Bären fielen bald die Augen zu, und sie träumten von einem Engel, der sie wegtrug. Am nächsten Tag waren sie nicht mehr da.

Christine Nöstlinger
Die große Gemeinheit

Manchmal erzählen erwachsene Leute von den großen Gemeinheiten, die ihnen erwachsene Leute damals – als sie noch Kinder waren – angetan haben. Denen, die zuhören, kommt das dann oft gar nicht schrecklich vor. Die denken sich: Was regt sich der auf, wenn dem nichts Ärgeres im Leben passiert ist, dann soll er froh sein! Doch was für einen arg ist, kann man nur selber wissen.
Wenn der Ernsti von viel früher erzählt und von der großen Gemeinheit, die man ihm angetan hat, dann ist das eine Weihnachtsgeschichte.
Es ist schon fast vierzig Jahre her. Der Ernsti war neun Jahre alt. Er wohnte auf dem Land in einem kleinen Dorf. Seine Eltern waren dort die Kaufmannsleute. Und er war ihr ältester Sohn. Einen kleinen Bruder und eine ganz kleine Schwester hatte er auch.
Die anderen Leute im Dorf nahmen Weihnachten nicht wichtig. Die waren Bauern. Bei denen gab es zu Weihnachten nur einen winzigen Christbaum, mit nichts anderem drauf als ein paar weißen Kerzen. Und die Bauernkinder bekamen zu Weihnachten Fäustlinge oder eine Mütze oder einen Schal. Und weiße Semmeln. Sonst gab es nur selbstgebackenes Brot. Das schmeckt gut, wenn es frisch ist.

Aber die Bauern backten nur alle drei Wochen. Brot, das drei Wochen alt ist, schmeckt nicht gut. Da freut man sich schon über weiße Semmeln, doch sehr wichtig sind sie einem auch wieder nicht.
Die Kaufmannskinder und die Doktorkinder waren die einzigen Kinder im Dorf, für die Weihnachten mehr bedeutete als weiße Semmeln und Fäustlinge. Die Mutter von dem Ernsti liebte Weihnachten besonders. Sie tat immer sehr geheimnisvoll. Einmal in der Woche fuhr sie in die Stadt, und wenn sie wiederkam und es war schon Herbst, dann hatte sie auch immer ein Päckchen in der Tasche, das war fest verschnürt, und sie sagte: »Das hat mir das Christkind mitgegeben!« Alle Päckchen, die das Christkind der Ernsti-Mutter mitgegeben hatte, kamen in die Kredenz vom Wohnzimmer, und der Schlüssel von der Kredenz war in der Schürzentasche der Ernsti-Mutter. Niemand außer ihr und dem Christkind durfte in die Kredenz hineinschauen.
Anfang Dezember brachte sie auch den Adventskalender. Und der Ernsti zählte jeden Tag und wievielmal er noch ins Bett gehen und schlafen mußte, bevor der Weihnachtstag endlich da war. Und er dachte auch immer an die Kredenz. Denn die Weihnachtsgeschenke waren eine sehr unsichere Sache. Sagte der Ernsti: »Ich wünsche mir zu Weihnachten neue Ski!«, dann wiegte die Ernsti-Mutter den Kopf und sagte: »Ich weiß wirklich nicht, ob du dem Christkind brav genug warst für neue Ski!« Aber dann lächelte sie doch wieder so geheimnisvoll, daß der Ernsti dachte: Sicher bekomme ich Ski! Und dann wieder, wenn der Ernsti etwas tat, was nicht besonders brav war, dann sagte die Ernsti-Mutter: »Da wird gleich das Christkind kommen und alle Päckchen zurückholen!«
In der Gegend, wo der Ernsti lebte, schneite es schon im

November, und der Schnee schmolz den ganzen Winter nicht weg. Jeden Tag, bis zum April hin, konnte man Ski fahren. Und oft mußte man Ski fahren. Im Winter holte der Ernsti die Milch vom Bauern auf Skiern. Und in die Schule fuhr er auch auf Skiern. Skier waren wichtig für den Ernsti. Und genauso wichtig waren die Bücher. Die Bücher brachte das Christkind. Wenn man nur einmal im Jahr Bücher bekommt, dann ist man schon sehr neugierig, ob es auch die richtigen Bücher sind. Wenn man nur einmal im Jahr Bücher bekommt, dann braucht man Bücher zum Immer-wieder-Lesen. Bücher, wo Seiten drin sind, die man jeden Abend lesen kann.

Täglich fragte der Ernsti seine Mutter: »Krieg ich die deutschen Heldensagen zu Weihnachten?« Und die Ernsti-Mutter lächelte und sagte: »Da mußt du das Christkind fragen!«

Das ganze Glück also hing vom Christkind ab, und der Ernsti-Mutter machte das Spaß. Sie hielt das auch für ein gutes Erziehungsmittel. Fast zwei Monate lang hatte sie brave Kinder, die immer folgten und nur ganz selten schlimm waren oder frech, damit sie das Christkind nicht verärgerten. Die Kinder wußten natürlich, daß es kein Christkind gibt, aber das wagten sie nicht zu sagen; auch das hätte das Christkind verärgern können.

Mit jedem Tag zu Weihnachten hin jedenfalls wurde der Ernsti aufgeregter, und an manchen Abenden lag er im Bett und dachte darüber nach, ob er das größte Verbrechen der Welt wagen sollte. Das größte Verbrechen der Welt war, den Schlüssel zur Kredenz aus der Schürze der Mutter zu nehmen und nachzusehen, ob die deutschen Heldensagen drin waren. Und jeden Tag durchforschte er erfolglos den Dachboden und den Keller und schaute nach einem länglichen Paket; Ski paßten ja nicht in die Kredenz.

Und dann kam der 24. Dezember. Der Ernsti war schon längst wach, als es draußen noch dämmerte. Und er war schon fertig angezogen und vor dem Haus, als sein Vater noch beim Frühstück saß. Er wollte mit dem Vater den Christbaum vom Bauern holen. Entsetzlich lang wartete er vor dem Haus. Und er fror erbärmlich. Dann lief er ins Haus zurück, den Vater holen. Der Vater und die Mutter waren im Zimmer beim kleinen Bruder. Der kleine Bruder hatte vorgestern gehustet, gestern hatte er Fieber bekommen, und nun lag er im Bett und hatte hohes Fieber. Dabei war es doch noch zeitig am Morgen; um diese Zeit hat man selten hohes Fieber. Er keuchte auch sonderbar und gab keine Antworten, wenn man ihn etwas fragte.
Die Mutter rief den Doktor an, aber der war nicht zu Hause. Nur die Frau vom Doktor war zu Hause. Die versprach: »Gleich wenn er zurückkommt, schick ich ihn rüber!«
Der Ernsti ging wieder vors Haus. Er machte Schneebälle und warf sie gegen den Zaun. Er rutschte den eisigen Weg zur Straße auf dem Hintern hinunter und wartete, daß endlich der Doktor käme und daß endlich der Vater käme, um den Christbaum mit ihm zu holen. Er wurde immer ungeduldiger.
Zu Mittag holte ihn das Dienstmädchen ins Haus und schimpfte sehr. Sie sagte, wenn er dauernd im Schnee herumrenne, würde er auch bald so krank sein wie der kleine Bruder. Der Ernsti blieb in der Küche sitzen. Dann kam der Doktor, und der sagte, der kleine Bruder habe eine Lungenentzündung und müsse ins Spital. Damals gab es noch kein Penicillin, und eine Lungenentzündung war eine sehr schwere Krankheit. Die Mutter weinte. Der Vater weinte nicht, aber er hatte auch schreckliche Angst um seinen kleinen Sohn.

In eine dicke Decke gewickelt, brachten die Männer vom Rettungsdienst den kleinen Bruder auf einer Trage zum Auto. Sie schoben ihn hinein und schlossen die Autotür. Dann stiegen sie ein und fuhren weg.
Der Vater holte seinen alten Volkswagen aus der Garage, und die Mutter setzte den grünen Hut auf und schlüpfte in den Fuchsmantel und weinte und schneuzte sich. Das Dienstmädchen weinte auch, und die ganz kleine Schwester plärrte. (Aber die plärrte oft.) Um den Ernsti kümmerte

sich niemand. Er lief hinter seiner weinenden Mutter her, als die zum Auto ging. »Wo fahrt ihr denn hin?« fragte er. »In die Stadt, ins Spital«, schluchzte die Mutter.

Die Stadt war weit weg, ein Spital hatte der Ernsti noch nie gesehen. Er hatte sehr lange gewartet, war sehr lange brav gewesen, hatte sich beherrscht und das größte Verbrechen der Welt nicht begangen. Jeden Tag hatten sie ihm gesagt: »Am 24. Dezember wird man ja sehen, ob du dem Christkind brav genug gewesen bist!« Und nun war der 24. Dezember, und seine Eltern stiegen ins Auto und wollten einfach wegfahren. Der Ernsti hielt die Mutter am Mantel fest, hinderte sie am Einsteigen und fragte: »Und was ist jetzt mit den Geschenken?« Da schrie ihn der Vater an: »Dein kleiner Bruder ist todkrank, und du Schweinskerl denkst nur an die Geschenke!« Und dann schubste er den Ernsti vom Auto weg.

Das Dienstmädchen hat dann den Christbaum vom Bauern geholt und aufgeputzt. Spät am Nachmittag sind der Vater und die Mutter von der Stadt zurückgekommen. Die Mutter hat nicht mehr geweint, weil die Ärzte im Spital geschworen hatten, daß der kleine Bruder in ein paar Wochen ganz sicher wieder gesund sein wird.
Geschenke hat es für den Ernsti in diesem Jahr natürlich auch gegeben. Ob es Ski und deutsche Heldensagen waren, weiß der Ernsti heute nicht mehr. Er erinnert sich nur noch an das schreckliche Gefühl: Sie halten mich alle für einen schlechten Menschen! Und er wußte nicht, ob sie damit recht hatten. Und das war das Ärgste für ihn.
Heute noch verteidigt sich der Ernsti deswegen und beteuert, daß er auch um den kleinen Bruder Angst gehabt hat, und sagt, daß man doch kein schlechter Mensch ist, wenn

man neben der Angst auch noch an den Lohn für das Bravsein denkt.

Weihnachten übrigens mag er nicht sehr. Und Ski und Heldensagen und andere Sachen, die Kinder gern mögen, kauft er seinen Töchtern lieber an ganz gewöhnlichen Donnerstagen oder Freitagen und schenkt sie dann auch gleich her; ob die Töchter an diesen Tagen brav waren, interessiert ihn überhaupt nicht.

Margret Rettich Der Baum

Hinten im Garten stehen Tannenbäume.
Jedes Frühjahr wird ein winzig kleiner dazu gepflanzt. Jedes Jahr zu Weihnachten wird der größte gefällt. Er ist an der Reihe, Christbaum zu werden.
»Warte noch damit«, sagt Mieke Bollmann, »je später wir ihn hereinholen, desto länger bleibt er frisch. Schließlich darf er nicht nadeln, wenn Oma Geburtstag hat.«
Das leuchtet Heiner Bollmann ein.
Omas Geburtstagswunsch ist nämlich jedes Jahr, daß am Christbaum noch mal die Lichter brennen. Und Oma hat am zehnten März Geburtstag!
In der Woche vor Weihnachten regnet es in Strömen.
In der Nacht vor Heiligabend wird es bitterkalt. All die Nässe gefriert zu Eis. Am Morgen scheint die Sonne. Das Dorf liegt unter dickem Rauhreif.
»Richtiges Weihnachtswetter«, ruft der Nachbar über den Zaun.
Heiner Bollmann stiefelt mit der Axt in den Garten zu den Tannen. Er hackt den größten Baum um und will ihn ins Haus tragen. Aber der Baum ist zentnerschwer. Jeder Ast, jeder Zweig, jede Nadel – alles hat eine dicke Eisschicht. Mühsam zerrt Heiner Bollmann ihn bis vor die Haustür.

Als Mieke Bollmann den vereisten Baum sieht, ruft sie: »Nicht ins Haus damit, denk an den neuen Teppichboden!«
Heiner Bollmann verschnauft eine Weile, dann schleift er den Baum über den Hof in den Schuppen. Dort kann er abtauen.
Als Heiner und Mieke Bollmann in der Küche Wellwurst frühstücken, kommt Oma herein und fragt: »Was ist mit dem Baum, es ist schon zehn.«
»Alles in Ordnung«, sagt Heiner Bollmann.
»Hoffentlich«, sagt Oma.
Um elf ist der Baum noch genauso voller Eis wie zuvor.
»Laß dir was einfallen«, sagt Mieke Bollmann. »Um eins kommen die Kinder aus der Schule. Da soll der Christbaum fertig geschmückt sein, daß wir die gute Stube abschließen können. Schließlich dürfen sie ihn vor heute abend nicht sehen.«
Heiner Bollmann kratzt sich am Kopf und überlegt.
Dann geht er und schleppt schwere Holzkloben in die Waschküche. Dort macht er damit Feuer unterm Kessel. Den läßt er bis oben voll Wasser laufen. Das kommt eiskalt aus der Leitung. Heiner Bollmann muß mächtig feuern, bis es warm wird.
Inzwischen kommen die Kinder aus der Schule.
»Wir freuen uns, wir freuen uns, wir freuen uns auf Weihnachten!« schreien sie.
Mieke Bollmann hat die Tür zur guten Stube abgeschlossen und die Vorhänge zugezogen, daß die Kinder nicht vom Hof aus durch die Fenster sehen können. Sie sollen denken, daß dort der Baum schon fix und fertig steht.
»Ist es diesmal ein besonderer Baum?« fragen sie.
»Das kann man wohl sagen«, antwortet Mieke Bollmann und füllt Suppe auf die Teller.

Heiner Bollmann hat keine Zeit zum Essen.
Grade wuchtet er den schweren Baum in den Waschkessel. Das heiße Wasser reicht nur bis zur Mitte vom Stamm, aber bis dorthin ist das Eis bald abgetaut.
Heiner Bollmann legt noch mal Holz nach.
Dann zieht er den Baum heraus und dreht ihn um. Nun ragt der Stamm in die Höhe, und die Spitze steckt im Wasser. Heiner Bollmann hält den Baum an den Zweigen fest, daß sie nicht abbricht.
Das Wasser beginnt zu summen und zu sieden.
Der Baum beginnt zu duften.
Heiner Bollmann wird es heiß. Er überlegt, ob Tannennadeln abgehen, wenn sie gekocht werden. Vielleicht werden sie auch nur weich. Er weiß es nicht. Er hat noch nie gehört, daß jemand seinen Christbaum am Heiligen Abend gekocht hat. Ausgerechnet ihm muß das passieren!
Er holt den Baum aus dem Wasser.
Das Eis ist zwar überall abgetaut, dafür sind jetzt alle Nadeln triefend naß. Ebenso naß wird Heiner Bollmann, als er den Baum über den Hof zum Haus schleppt.
Dort steht Mieke Bollmann und läßt ihn nicht herein.
»Es kann nicht dein Ernst sein«, ruft sie, »daß du mit diesem nassen Ding in die gute Stube auf den neuen Teppichboden willst.«
Beleidigt dreht sich Heiner Bollmann um. Er weiß nicht mehr wohin mit dem Baum. Wieder in den Schuppen? In den Garten zurück?
Überall ist es kalt. Bald wird der Baum wieder so voller Eis sein wie zuvor.
»Verschwinde, daß Oma und die Kinder dich nicht sehen«, sagt Mieke Bollmann.
Heiner Bollmann zieht den Baum hinter sich her und schleicht an der Hausmauer entlang um den Hof in die

Waschküche zurück. Dort kann er vor Wasserdampf nichts sehen.
Nie und nimmer wird der Baum hier trocken, denkt er.
Er nimmt den Baum auf die Schulter und bugsiert ihn in den Schweinestall. Da ist es warm und trocken. Der Baum lehnt am Koben. Von einer Seite drängen die Ferkel, von der anderen der Eber herbei und knabbern an den Nadeln.
»Wollt ihr wohl!« sagt Heiner Bollmann und stellt den Baum so, daß sie ihn nicht erreichen können.
Dann geht er ins Haus, weil er sich umziehen will. Das Wasser aus den Zweigen ist ihm in den Halskragen gelaufen, in die Ärmel und in die Stiefel. Er friert. Er hat es satt.
In der Diele stehen Mieke Bollmann, Oma und die Kinder. Alle haben sich fein gemacht.
»Mach schnell«, sagt Mieke Bollmann, »gleich fängt die Kirche an!«
»Ohne mich«, brummt Heiner Bollmann.
»Was sind das für neue Moden?« sagt Oma. Doch so, wie Heiner Bollmann aussieht, will auch sie nicht neben ihm in der Kirche sitzen. Und bis er sich gewaschen und umgezogen hat, ist die Kirche vorbei.
Also gehen Mieke Bollmann und Oma allein mit den Kindern, und das ist ihnen überhaupt nicht recht vor den Leuten.
Weihnachten dauert die Kirche immer recht lange.
Heiner Bollmann hat genug Zeit.
Er kann sich umziehen. Er kann Suppe essen. Er kann sich eine Weile auf dem Sofa in der Küche ausstrecken.
Aber dann muß er sich ranhalten.
Als Mieke Bollmann, Oma und die Kinder um die Ecke biegen, strahlen ihnen durch die Fenster der guten Stube bereits die brennenden Kerzen entgegen. So schnell sie

können, rennen die Kinder ins Haus. Dann stehen sie auf der Schwelle und staunen.
Auf dem neuen Teppichboden steht der geschmückte Christbaum, grün und ganz frisch. Bestimmt wird er alle Nadeln behalten, bis Oma am zehnten März Geburtstag hat.
Allerdings, den leichten Geruch nach Schweinestall behält er auch.

Erich Kästner
Felix holt Senf

Es war am Weihnachtsabend im Jahre 1927 gegen sechs Uhr, und Preissers hatten eben beschert. Der Vater balancierte auf einem Stuhl dicht vorm Weihnachtsbaum und zerdrückte die Stearinflämmchen zwischen den angefeuchteten Fingern. Die Mutter hantierte draußen in der Küche, brachte das Eßgeschirr und den Kartoffelsalat in die Stube und meinte: »Die Würstchen sind gleich heiß!« Ihr Mann kletterte vom Stuhl, klatschte fidel in die Hände und rief ihr nach: »Vergiß den Senf nicht!«
Sie kam, statt zu antworten, mit dem leeren Senfglas zurück und sagte: »Felix, hol Senf! Die Würstchen sind sofort fertig.«
Felix saß unter der Lampe und drehte an einem kleinen billigen Fotoapparat herum. Der Vater versetzte dem Fünfzehnjährigen einen Klaps und polterte: »Nachher ist auch noch Zeit. Hier hast du Geld. Los, hol Senf! Nimm den Schlüssel mit, damit du nicht zu klingeln brauchst. Soll ich dir Beine machen?«
Felix hielt das Senfglas, als wollte er damit fotografieren, nahm Geld und Schlüssel und lief auf die Straße. Hinter den Ladentüren standen die Geschäftsleute ungeduldig und fanden sich vom Schicksal ungerecht behandelt. Aus

den Fenstern aller Stockwerke schimmerten die Christbäume. Felix spazierte an hundert Läden vorbei und starrte hinein, ohne etwas zu sehen. Er war in einem Schwebezustand, der mit Senf und Würstchen nichts zu tun hatte. Er war glücklich, bis ihm vor lauter Glück das Senfglas aus der Hand aufs Pflaster fiel. Die Rolläden prasselten an den Schaufenstern herunter, und Felix merkte, daß er sich seit einer Stunde in der Stadt herumtrieb. Die Würstchen waren inzwischen längst geplatzt. Er brachte es nicht über sich, nach Hause zu gehen. So ganz ohne Senf! Gerade heute hätte er Ohrfeigen nicht gut vertragen.

Herr und Frau Preisser aßen die Würstchen mit Ärger und ohne Senf. Um acht wurden sie ängstlich. Um neun liefen sie aus dem Haus und klingelten bei Felix' Freunden. Am ersten Weihnachtsfeiertag verständigten sie die Polizei. Sie warteten drei Tage vergebens. Sie warteten drei Jahre vergebens. Langsam ging ihre Hoffnung zugrunde, schließlich warteten sie nicht mehr und versanken in hoffnungslose Traurigkeit.

Die Weihnachtsabende wurden von nun an das Schlimmste im Leben der Eltern. Da saßen sie schweigend vorm Christbaum, betrachteten den kleinen billigen Fotoapparat und ein Bild ihres Sohnes, das ihn als Konfirmanden zeigte, im blauen Anzug, den schwarzen Filzhut keck auf dem Ohr. Sie hatten den Jungen so liebgehabt, und daß der Vater manchmal eine lockere Hand bewiesen hatte, war doch nicht böse gemeint gewesen, nicht wahr? Jedes Jahr lagen die zehn alten Zigarren unterm Baum, die Felix dem Vater damals geschenkt hatte, und die warmen Handschuhe für die Mutter. Jedes Jahr aßen sie Kartoffelsalat mit Würstchen, aber aus Pietät ohne Senf. Das war ja auch gleichgültig, es konnte ihnen doch niemals wieder schmekken.

Sie saßen nebeneinander, und vor ihren weinenden Augen verschwammen die brennenden Kerzen zu großen glitzernden Lichtkugeln. Sie saßen nebeneinander, und er sagte jedes Jahr: »Diesmal sind die Würstchen aber ganz besonders gut.« Und sie antwortete jedesmal: »Ich hol dir die von Felix noch aus der Küche. Wir können jetzt nicht mehr warten.«

Doch um es rasch zu sagen: Felix kam wieder. Das war am Weihnachtsabend im Jahre 1932 kurz nach sechs Uhr . . . Die Mutter hatte die heißen Würstchen hereingebracht, da meinte der Vater: »Hörst du nichts? Ging nicht eben die Tür?« Sie lauschten und aßen dann weiter. Als jemand ins Zimmer trat, wagten sie nicht, sich umzudrehen. Eine zitternde Stimme sagte: »So, da ist der Senf, Vater.« Und eine Hand schob sich zwischen den beiden alten Leuten hindurch und stellte wahrhaftig ein gefülltes Senfglas auf den Tisch.

Die Mutter senkte den Kopf ganz tief und faltete die Hände. Der Vater zog sich am Tisch hoch, drehte sich trotz der Tränen lächelnd um, hob den Arm, gab dem jungen Mann eine schallende Ohrfeige und sagte: »Das hat aber ziemlich lange gedauert, du Bengel. Setz dich hin!«

Was nützt der beste Senf der Welt, wenn die Würstchen kalt werden? Daß sie kalt wurden, ist erwiesen. Felix saß zwischen den Eltern und erzählte von seinen Erlebnissen in der Fremde, von fünf langen Jahren und vielen wunderbaren Sachen. Die Eltern hielten ihn bei den Händen und hörten vor Freude nicht zu . . .

Unterm Christbaum lagen Vaters Zigarren, Mutters Handschuhe und der billige Fotoapparat. Und es schien, als hätten fünf Jahre nur zehn Minuten gedauert. Schließlich stand die Mutter auf und sagte: »So, Felix, jetzt hol ich dir deine Würstchen.«

James Krüss

Der Weihnachtsbaum im Niemandsland

Es war im Ersten Weltkrieg, als sich in den Schützengräben Frankreichs ein deutsches Regiment, hauptsächlich Berliner, und ein französisches Regiment, ausnahmslos dunkelhäutige Algerier, gegenüberlagen. Am 24. Dezember 1917, dem Tag, an dem die Christen in aller Welt den Heiligen Abend feierten, herrschte, ohne daß es besonderer Abmachungen bedurft hätte, Waffenruhe auf beiden Seiten der Front.

Deutsche wie Franzosen zollten dem heiligen Fest ihren Respekt.

Jene Algerier aber, denen das Berliner Regiment gegenüberlag, waren Mohammedaner. Ihnen bedeutete der 24. Dezember nichts. Sie kannten kein Weihnachtsfest. Auch hatte die französische Heeresleitung versäumt, sie darüber zu unterrichten, daß an diesem Tag nach stillschweigendem Übereinkommen die Waffen zu schweigen pflegten. So knallten und ballerten die algerischen Artilleristen wie jeden Tag aus purer Unkenntnis auf die deutschen Linien los. Das deutsche Regiment, empört über die Mißachtung des ungeschriebenen Gesetzes, ballerte zornig zurück.

Das sorgfältig ausgeübte Umbringen von Menschen mit-

tels Pulver, Feuer, Metall und Mathematik, das man Krieg nennt, nahm auf diese Weise auch am Heiligen Abend seinen blutigen Fortgang.
Nun war in einem der vordersten deutschen Gräben ein Berliner Konditor namens Alfred Kornitzke damit beschäftigt, Marzipan für seine Kompanie herzustellen.
Das Grabenstück, in dem er hingebungsvoll Mandeln kleinhackte, war gegen Einschläge der feindlichen Artillerie ziemlich abgesichert. Aber die Detonationen der in der Umgebung einschlagenden Granaten behinderten den Konditor erheblich in seiner Arbeit. Da er die Mandeln mangels einer Mandelmühle mit einem eigens feingeschliffenen Seitengewehr zerhackte, schnitt er sich bei der plötzlichen Erschütterung durch eine berstende Granate in die linke Hand und mußte mit einem störenden dicken Verband weiterwerkeln. Wenig später verlor er einen Teil des kostbaren, mühevoll beschafften Rosenwassers, als die Karaffe bei einem besonders lauten Knall einen Sprung bekam. Das Rosenwasser mußte in leere Konservendosen umgefüllt werden.
Am schlimmsten aber war, daß der kleine dicke Konditor ständig um die Flamme des Petroleumkochers fürchten mußte, da für die Marzipanherstellung ein gleichmäßig brennendes Feuer von Wichtigkeit ist.
Gerade in dem Augenblick, als Kornitzke den Topf auf die Flamme setzte, um bei gleichmäßiger Wärme die Masse gleichmäßig rührend in edles Marzipan zu verwandeln, riß die Erschütterung einer sehr nahen Detonation ihm den Holzlöffel aus der Hand, die Flamme ging mit einem Schnalzlaut aus, und der Topf wäre unweigerlich umgekippt und ausgelaufen, wenn der Konditor ihn nicht, seinen Verband als Topflappen benutzend, aufgefangen hätte.

»Jetzt reicht's mir aber!« brüllte der in seiner sorgfältigen Arbeit wieder einmal gestörte Konditor. »Diese Knallköppe von Mohammedanern haben nich mal vor 'n orntlich ausjebildeten Berliner Zuckateichkünstla Respekt!«
»Aber Alfred«, belehrte ihn ein Kamerad, »wie solln denn die Mohammedanischen wissen, det wir heute Weihnachten feiern und Marzipan machen? Det kenn'n die doch nich!«
Wieder gefährdete eine Detonation den Topf mit seinem kostbaren Inhalt. Wieder mußte Alfred Kornitzke ihn auffangen, und jetzt geriet er in förmliche Raserei.
»Det kenn'n die nich?« brüllte er. »Hast du 'ne Ahnung, Teuerster! Det Rosenwasser kommt ja von die Orientalen.«
»Aber Weihnachten kenn'n die nich, Alfred, det is det Malöhr!«
Wieder ein fürchterlicher Knall, wieder eine Erschütterung, wieder war das Werk des Zuckerteigkünstlers in Gefahr.
Jetzt war in dem kleinen Dicken kein Halten mehr. »Det reicht mir, Jeschäftsfreunde!« tobte er in Richtung auf die gegnerischen Linien. »Weihnachten is Weihnachten, und Marzipan is Marzipan. Ick laß mir det nich von euch vermiesen. Da schieb ick jetzt 'n Riegel oder vielmehr 'n Tannboom vor!«
Ehe seine Kameraden ihn begriffen, hatte der rasende Konditor, der selbst hier an der Front eine Bäckermütze trug, einen kleinen kerzenbesteckten Tannenbaum gepackt und war mit ihm über den Grabenrand aufs freie Feld gehechtet, das die feindliche Linie in der sternklaren Nacht vollständig einsehen und mit Feuersalven bestreichen konnte.
Die hinter schmalen Schießscharten postierten deutschen

Beobachter glaubten, ihren Augen nicht trauen zu können, als sie plötzlich einen deutschen Soldaten, der eine Bäckermütze trug, mit einem Tannenbaum auf die feindlichen Schützengräben zulaufen sahen.
Feldtelefone und Morsegeräte begannen zu läuten oder zu ticken, eine unglaubliche Meldung sprang von Kommandostelle zu Kommandostelle durch das vielverzweigte Grabensystem, und unter den Soldaten, die nur Bruchstücke der Meldung aufschnappten, entstanden die wildesten Gerüchte. Das einzig Greifbare im Durcheinander der Erkundigungen, Gerüchte und hin- und herflitzenden Nachrichten war der Befehl des Regimentskommandeurs, das Feuer sofort einzustellen.
Nun verwirren im Kriege ungewöhnliche Vorkommnisse Freund wie Feind gleichermaßen. Für die algerischen Schützen und Artilleristen war ein Soldat mit einer Bäkkermütze und einem Baum mit Kerzen in der Hand eine Sache, über die keine Dienstvorschrift Anweisungen gab. Das Ding war zu verrückt, um darauf zu schießen, und viel zu ulkig, um es bedrohlich zu finden. Man schoß ganz einfach nicht auf Alfred Kornitzke. Man sah ihm ratlos zu, bis nach einer Weile auch in den französischen Linien Telefone zu läuten und Morseapparate zu ticken begannen. Dabei erfuhren die Algerier plötzlich auch von der allgemeinen Waffenruhe während der Weihnachtsfeiertage und stellten ebenfalls das Feuer ein.
Alfred Kornitzke war inzwischen ein ganzes Stück vorwärtsmarschiert. Nun blieb er stehen, schätzte die Entfernung zwischen den Fronten ab, fand, daß er etwa in der Mitte zwischen den feindlichen Linien sei, ebnete den Boden mit einer Schuhspitze, stellte das Tannenbäumchen sorgfältig hin, holte in aller Seelenruhe die Streichhölzer, die für den Petroleumkocher bestimmt waren, aus seiner

Uniformtasche und steckte, da es eine windstille, frostklare Nacht war, Kerze um Kerze an.
Gerade in dem Augenblick, in dem das ganze Bäumchen festlich strahlte, stellte die feindliche Artillerie ihr Feuer ein. Es war plötzlich unheimlich still, und in diese Stille hörte man auf beiden Seiten Alfred Kornitzke brüllen: »Na also, ihr Dösköppe, jetzt wißt ihr, wat los is! Fröhliche Weihnachten!«
Dann marschierte er wieder zu den deutschen Linien und turnte zurück in den Graben, wo man ihn lachend und händeschüttelnd empfing.
»Als der Alte zuerst von deinem Alleingang gehört hat, wollte er dich einbunkern«, hörte er sagen. »Jetzt überlegt er, ob er dich für einen Orden vorschlagen soll.«
»Er soll mich mein Marzipan machen lassen«, sagte der Konditor, eilte an seinen Topf, zündete wieder den Petroleumkocher an, begann gleichmäßig rührend mit der Marzipanherstellung und erklärte seinen andächtigen Zuschauern, er würde, wenn er wieder ins Zivilleben zurückkehre, Heidenapostel werden. »Ick weeß nun, wie man det macht!« fügte er hinzu.
Das Bäumchen zwischen den Linien strahlte noch lange und gab den Militärseelsorgern willkommenen Stoff für die Weihnachtspredigt am nächsten Tag.
Auf diese Weise kam die Geschichte vom Weihnachtsbaum im Niemandsland in viele erbauliche Kalender, und der rasende Marzipanbäcker Alfred Kornitzke wurde zu einem frommen Helden, der er in Wahrheit nie gewesen ist.

Hans Peterson

Der Tag, an dem Weihnachten war

Vieles in diesem Leben ist schier entsetzlich, fand Simon. Und Helga auch. Das war einmal der Krieg, der 1914 angefangen hatte und nun schon das dritte Jahr währte. Mit allen Toten und Verwundeten und Flüchtlingen, von denen in der Zeitung stand. Und dann das Essen, das knapper und knapper wurde. Bald gab es weder Butter noch Mehl, nicht einmal mehr Kartoffeln. Wenn man nicht gerade Gutsbesitzer war und auf dem Herrenhof wohnte und fast alles besaß. Oder Pastor oder einer von den Reichen in der Stadt. Denn sie hatten bemerkenswerterweise Butter und Fleisch und richtigen Kaffee.

»Wie kann es nur so ungleich sein«, sagte Simon, als er eines Tages zu Hause bei Helga in der Küche saß.

»Das ist nun mal so«, antwortete Helga ruhig.

Denn da war ein Unterschied zwischen Helga und Simon. Auch wenn sie fast immer zusammen waren und in der Schule nebeneinander saßen. Simon stellte Fragen. Aber Helga kümmerte sich nicht darum, Fragen zu stellen. Es war, wie es war, und damit gut.

»Einmal kriegten wir einen Korb mit Kuchen und Wurst

und ein Weihnachtsgeschenk vom Herrenhof, obwohl Mama gar nicht dort arbeitet«, sagte Simon.
»Sicher nur, weil ihr so schrecklich arm seid«, sagte Helga milde.
»Aber das wäre falsch«, sagte Helgas Papa, der am Küchentisch saß. »Man soll den Armen nicht abgeben, man soll mit ihnen teilen.«
Aber es war auch das einzige Weihnachtsfest, an dem Simon und seine Mama und sein Großvater etwas vom Herrenhof bekamen. Und zu dem Weihnachtsfest hatten sie nur ein wenig Kuchen, den die Großmutter gebacken und an Mama geschickt hatte. Und Reis, richtigen Reis. Den hatte Mama gegen Branntwein eingetauscht, der Großvater gehörte. Denn Branntwein war auch rationiert, und viele tauschten Branntwein gegen dieses und jenes.
Und dann hatten sie noch ein Stück Wurst gehabt. Aber das hatte Simon aufgegessen.
Mama brachte die Wurst am Tag vor Heiligabend von Fredholms aus der Stadt mit. Und legte sie in eine Schüssel ganz oben in der Speisekammer. Dann deckte Mama eine andere Schüssel darüber, damit nicht die Ratten an die Wurst gingen.
Am Abend – Mama schlief schon lange – konnte Simon vor Hunger nicht einschlafen. Er hatte seit dem frühen Morgen nur ein bißchen gebratene Grütze und einige Brotkanten bekommen.
Und jetzt lag er da und sah die Wurst vor sich in der Dunkelheit. Sie war rund und bestimmt zwanzig Zentimeter lang und an dem einen Ende mit einer Schnur zusammengebunden.
Und sie war schon gekocht. Aber Simon wußte nicht warum. Vielleicht hatte Frau Fredholm zwei Tage vor Weihnachten ein Fest gegeben und dafür etwas von ihrem

Weihnachtsessen genommen. Und hinterher war ein Stück Wurst übriggeblieben.
Simon meinte, den Duft der guten Wurst bis unter die Bettdecke zu riechen. Das war ein Duft, der einen einfach dazu trieb, leise aufzustehen und auf Zehenspitzen in die Küche zu schleichen, zur Speisekammer. Und einen Happen von der Wurst zu nehmen. Einen köstlichen Happen. Und noch einen. Und noch einen einzigen.
Dann war die Wurst alle.
Simon tastete in der Schüssel herum. Die Wurst war weg. Oder besser gesagt, die Wurst lag in Simons Magen.
Simon hörte auf zu denken. Er rückte die Schüsseln zurecht, schlich zurück zum Sofa und kroch unter die Decke. Und bald schlief er ein mit der wunderbaren Wurst im Magen.

Es war ein schrecklicher Winter in jenem Jahr. Er hatte früh angefangen und blieb bis weit in den Frühling hinein. Schon zu Weihnachten hatten sie einen halben Meter Schnee und zehn Grad minus.
Der Schnee ging ja noch. Nachdem Simon Schneewälle rund um die baufälligen Hüttenwände aufgeschaufelt hatte, wurde es geradezu ruhig im Haus. Aber der Wind kam geradewegs durch Fenster und Wände. Er pfiff richtig herein. Obwohl Simon und seine Mama versucht hatten, Zeitungspapier über die größten Ritzen zu kleben.
Der Großvater konnte nichts tun. Den Winter über lag er meistens im Bett und las die Zeitungen, die Helga hin und wieder brachte.
»Lieber kleiner Simon«, sagte Mama, »du bist doch wach?«
Simon seufzte. Heute, am Heiligen Abend, brauchte Mama wenigstens nicht fortzugehen und für feine Leute in

der Stadt zu waschen. Und dann spät nach Hause zu kommen, müde und elend, und ihr steif gefrorener Rock klirrte förmlich und war schon von weitem zu hören, wenn sie heimkam.
In dem Augenblick fiel Simon die Wurst ein. Er stöhnte auf. Die Wurst, die es nicht mehr gab.
Wenn es nicht doch nur ein schrecklicher und böser Traum war. Ja, vielleicht hatte er es nur geträumt, daß er aufgestanden war und die gute Weihnachtswurst aufgegessen hatte, mit der sie heute feiern wollten.
»Es ist schon sechs Uhr, lieber Simon«, sagte Mama mahnend. »Wenn wir etwas Milch von der armen Majsköna haben wollen, mußt du jetzt aufstehen.«
Simon zündete eine Kerze an und schlüpfte in ein Paar Wollstrümpfe, ehe er, zusammengekrümmt in seinem Flanellnachthemd, hinaus in die Küche hüpfte. Dort öffnete er die Ofenklappe, stopfte ein wenig Papier und Holzsplitter hinein und zündete das Ganze an.
Schließlich brachte er auch die Petroleumlampe auf dem Küchentisch zum Brennen und öffnete das Buch. Es war Großvaters Buch. Großvater besaß zehn Bücher, und Simon hatte schon im ersten Jahr, als er in die Schule kam, alle gelesen. Und nun las er sie noch einmal.
Aber jetzt schlug er das Buch nur auf und las zwei Zeilen. Um Kraft und Mut zu bekommen. Dann zog er sich an und ging hinaus zu Majsköna in den Kuhstall.

Alles war ruhig, als er wieder hereinkam. Mama und Großvater waren wach. Mama hatte sich angezogen. Sie hatte ein Loch in das Eis im Wassereimer geschlagen und einen Wasserkessel auf den Herd gesetzt.
»Ach ja«, seufzte sie, »wir müßten auch einen Tannenbaum haben. Vielleicht bekommen wir einen von Antons-

son. Es wagt ja kein Mensch, sich einen im Wald zu schlagen. Sonst müssen wir uns wohl mit der Wurst und dem Reisbrei begnügen.«
In dem Augenblick klopfte es an die Tür. Es war Helga, die die Zeitung für den Großvater brachte.
»Wir möchten euch einladen. Um vier Uhr feiern wir Weihnachten«, sagte sie.
»Wie lieb von euch«, sagte Simons Mama. »Aber wir können Großvater nicht allein lassen.«
»Wenn ich nur meinen Brei kriege, dann reicht es für mich«, sagte Großvater. »Ich vertrage kaum noch etwas anderes.«
»Es wäre natürlich schön hinauszukommen. Hier ist es ja nicht sehr weihnachtlich«, sagte Mama und rang die Hände. »Ich kann dir die Wurst kochen, Großvater.«
Jetzt hätte Simon etwas sagen müssen. Aber er sagte nichts. Nichts. Denn er hoffte, hoffte so sehr, daß die Wurst doch noch zwischen den Schüsseln lag.
»Nein, nein«, sagte Großvater. »Nimm du die Wurst mit zu Karl und Kristina. Dann kommst du wenigstens nicht mit leeren Händen.«
»Wie du willst«, sagte Mama zufrieden.

Simon schaufelte Schnee, der sich schon wieder häufte. Er ging in den Kuhstall und sah nach Majsköna. Er holte Feuerholz und Wasser und trug den Abfalleimer und Großvaters Nachttopf hinaus. Die ganze Zeit dachte er an die Wurst.
Schließlich war es kurz vor vier. Da ging er langsam ins Haus. Nun mußte er sagen, was er getan hatte.
Mama hatte den Brei für Großvater gekocht und ihre beste Bluse und ihren schwarzen Rock angezogen. Simon brauchte sich nicht umzuziehen, denn er hatte nichts zum

Umziehen. Aber er zog sein Hemd aus, damit Mama ihm den Hals waschen konnte, und dann bekam er wenigstens ein sauberes Hemd.
»Oh, dieser Wind«, seufzte Mama. »Die Hände werden ganz steif vom Rheumatismus. Lieber Simon, kannst du nicht die Schüssel mit der Wurst nehmen und ein sauberes Handtuch darum wickeln? Dann können wir gehen.«
Einen Augenblick stand Simon still. Dann nahm er das Handtuch, ging zur Speisekammer, nahm die leere Schüssel und wickelte das Handtuch darum.
Helga wohnte in dem braunen Haus nahe beim Fluß. Es hatte vier Wohnungen und eine Bodenkammer, und Helga wohnte im zweiten Stock.

»Da seid ihr ja«, sagte Helgas Mama, als sie in die Küche kamen.
Bei Helga war es warm. Im Eisenherd brannte ein Feuer. Auf dem Tisch standen Stockfisch und Weihnachtswurst und gekochte Kartoffeln. Aber Helgas Vater arbeitete ja auch in der Tischlerei und verdiente Geld.
Die Tür zum Nebenzimmer war geöffnet, weil Weihnachten war. Und da drinnen stand der Tannenbaum mit Flaggen und roten Äpfeln.
Helga hatte zwei ältere und drei jüngere Geschwister. Das Jüngste war erst ein paar Monate alt, und Helgas Papa hatte es gerade auf dem Arm.
»Du kommst gerade richtig, Hulda«, sagte er zu Simons Mama. »Kannst du bitte Johan halten, während ich den Glühwein einschenke?«
»Du kleiner Süßer«, flüsterte Simons Mama, als sie Johan nahm. »Wir haben Wurst mitgebracht. In der Schüssel«, sagte sie dann zu Helgas Mama.
Dann ging sie vorsichtig ins Zimmer. Als ob sie Angst hätte, auf die sauberen Flickenteppiche und den frischgeschrubbten Fußboden zu treten.
Simon reichte Helga die Schüssel. Und Helga nahm das Handtuch ab.
»Aber . . .«, sagte sie.
Simon schlug die Hände vors Gesicht. Nein, es war kein Traum. Die Schüssel war leer.
»Aber . . .«, sagte auch Helgas Mama und sah Simon an.
Dann berührte sie wie zufällig die Zimmertür, so daß sie zufiel.
»Du hast die Wurst doch nicht verloren?« sagte Helga und schüttelte den Kopf.
»Ich habe sie aufgegessen«, flüsterte Simon. »Gestern abend. Obwohl ich es nicht wollte.«

»Laß mich das in Ordnung bringen«, sagte Helgas Mama. »Wir tun so, als ob nichts wäre, damit Hulda nicht traurig wird.«
»Genau. Das ist ja nicht nötig, gerade heute, wo wir es uns schön machen wollen«, sagte Helgas Papa und klopfte Simon auf die Schulter. »Wenn man ausgehungert ist, ist man eben ausgehungert.«
Helga öffnete schnell die Speisekammertür und stellte die leere Schüssel hinein. Gerade als Simons Mama mit dem kleinen Johan wieder in die Küche kam.
»Wenn du nichts dagegen hast, lassen wir die Wurst für morgen«, sagte Helgas Mama ruhig. »Sie ist auf dem Weg hierher gefroren. Und unser Essen ist ja schon warm.«
»So ist es. Und jetzt setzen wir uns«, sagte Helgas Papa.
»Du Armer«, flüsterte Helga Simon zu. »Jetzt hast du aber Angst gehabt!«
Simon nickte. Dann holte er tief Luft.
Er hatte Lust zu lachen. Morgen oder ein andermal würde er Mama alles erzählen. Aber nicht jetzt. Nicht jetzt, wo Weihnachten war und sie es sich schön machen wollten. Und sie würden weder frieren noch hungern.
An einem anderen Tag würde er von der Wurst erzählen, die verschwand.

Aus dem Schwedischen: Angelika Kutsch

Astrid Lindgren Pippi plündert den Weihnachtsbaum

An einem Tag in den Weihnachtsferien geschah etwas Seltsames in der kleinen, kleinen Stadt. An die Tür des kleinen, kleinen Rathauses, das am Marktplatz stand, hatte jemand ein großes Plakat angenagelt, und auf dem Plakat stand geschrieben:

PIPPI LANGSTRUMPF
WILL HEUTE ABEND
IN DER VILLA KUNTERBUNT
DEN WEIHNACHTSBAUM PLÜNDERN
ALLE KINDER DER STADT
SIND HERZLICH WILLKOMMEN
ZIEHT WARME KLEIDER AN!

Pippi hatte das natürlich nicht selbst geschrieben. Sie hätte ein Wort wie Weihnachtsbaum gar nicht richtig schreiben können. Thomas hatte ihr geholfen.
Den ganzen Tag über drängten sich die Kinder vor dem Rathaus und buchstabierten an dem Plakat herum, und als sie fertig gelesen hatten, jubelten sie laut und liefen nach Hause zu ihren Müttern, so schnell die Beine sie trugen. Sie

mußten von der Einladung erzählen und um Erlaubnis bitten, daß sie hingehen durften. Thomas und Annika hatten ja schon ziemlich lange gewußt, daß Pippi ein Plünderfest geben wollte, und trotzdem waren sie ebenso ungeduldig. Sie saßen zu Hause in ihrem Kinderzimmer und warteten und warteten, daß es Abend werden würde. Sonst waren sie ja meist den ganzen Tag über bei Pippi, aber diesmal hatte Pippi gesagt, sie wäre lieber allein bei den Vorbereitungen zum Plünderfest.

Viel Schnee war während der Weihnachtsferien gefallen, aber am Plünderfestabend, als alle Kinder in einem langen Zug zur Villa Kunterbunt kamen, war es sternenklar und still und gerade richtig kalt. Thomas und Annika gingen vorneweg. Als aber Thomas die Gartentür der Villa Kunterbunt öffnete, blieb er jäh stehen und schrie auf. Was war denn nun los? Kein Licht leuchtete in den Fenstern der Villa Kunterbunt, nicht das kleinste bißchen Licht. Da lag das Haus unter den schneeschweren Bäumen und schien wie ausgestorben.

Unter den Kindern entstand große Unruhe.

»Vielleicht kommen wir am falschen Abend«, sagte ein kleiner Junge. »Vielleicht ist das Plünderfest erst morgen.«

Ach, welche Enttäuschung! Wo sie sich doch so schrecklich gefreut hatten.

Thomas lief auf die Veranda und klinkte an der Tür. Sie war zugeschlossen! Ein kleines Mädchen war so traurig, daß es zu weinen anfing.

Ja, da blieb ihnen wohl nichts anderes übrig, als wieder nach Hause zu gehen. Sie gingen auf die Gartentür zu. Es war eine ungewöhnlich düstere Kinderschar, die sich bemühte, nicht zu zeigen, wie traurig alle eigentlich waren. Da kam Herr Nilsson, Pippis Äffchen, angehüpft. Er hatte

einen dicken Overall an. Den hatte Pippi genäht, damit Herr Nilsson nicht fror im Winterschnee. Herr Nilsson sprang Thomas auf die Schulter und überreichte ihm ein Blatt Papier.
»Ihr werdet sehen, Pippi hat sich eine Überraschung ausgedacht«, sagte Thomas vergnügt und las den Zettel.
Da stand mit großen Buchstaben:

FOLKT DER SPUHR
UNT EST SIH AUF!

Geschrieben war das ja sehr eigenartig, aber Thomas begriff, daß es heißen sollte: Folgt der Spur und eßt sie auf! Welcher Spur? Und was war damit gemeint: Eßt sie auf? Man konnte doch wohl eine Spur nicht aufessen?
»Guckt mal!« schrie Thomas plötzlich. »Dort! Guckt mal, auf dem Schnee!«
Und wirklich, auf dem weißen Schnee schlängelte sich eine ganz rote Spur, eine Spur, die aus roten Bonbons gemacht war und die hinter der Hausecke der Villa Kunterbunt verschwand. Eine Minute später hatten die Kinder die Spur bis zur Hausecke aufgegessen, und dahinter – ja, dahinter hätten sie sich vor Staunen fast an den Bonbons verschluckt.
»Was für ein Tannenbaum«, flüsterte Annika. »Oh, was für ein Tannenbaum!«
Und da mußte man ihr recht geben. Es wuchsen viele Bäume in Pippis Garten, aber mittendrin hinter dem Haus stand eine Tanne, eine dunkelgrüne, weit ausladende, hohe Tanne. Nun erstrahlte sie im Lichterglanz. Es waren keine kleinen Tannenbaumkerzen, sondern große, dicke Kerzen, deren Flammen den ganzen Garten hell machten. Aber in der Tanne gab es nicht nur Kerzen. Dort hingen riesen-

große Lebkuchenmänner und riesige Körbe aus Buntpapier und kolossale Zuckerkringel und die wunderschönsten Knallbonbons, und über und über war der Baum mit Fähnchen besteckt. Und das merkwürdigste von allem war: Dort hingen eine Menge Pakete!
Zuerst standen die Kinder ganz still da. Aber dann stießen sie ein lautes Freudengeheul aus.
»Oh, wie lieb Pippi ist!« schrien sie.
Pippi! Ja, wo war sie? Sie war noch immer nirgends zu entdecken. Doch gleich neben der Tanne war eine große Schneehütte, die Pippi und Thomas und Annika gebaut hatten. Nun leuchtete ein Licht in den Gucklöchern der Hütte, und aus dem Eingang ragte ein roter Kopf.
»Ist da jemand, der heiße Schokolade und Torte haben will, ehe wir um den Tannenbaum tanzen?« schrie Pippi.
Ja, alle Kinder wollten Schokolade und Torte haben. Eins nach dem andern kroch in die Hütte.
»Haben wir nicht eine feine Hütte gebaut?« fragte Thomas zufrieden, als er zusammen mit den andern auf dem Boden saß. Darin waren sich alle einig. Es war wirklich eine sehr feine Hütte. Pippi hatte einen großen Kessel mit dampfender Schokolade mitten im Raum aufgestellt und auch eine ganze Menge Torten. Sie wollte eben mit dem Servieren beginnen, als sie zufällig einen Blick aus einem der Fensterchen warf.
Drüben an der Hausecke stand ein kleiner Junge. Er wohnte erst seit wenigen Tagen in der kleinen Stadt und kannte Pippi noch nicht, und nun dachte er natürlich, es sei ganz unmöglich, daß er zu ihrem Plünderfest eingeladen sei. Den ganzen Tag war er mit einem dicken Klumpen Traurigkeit im Hals herumgegangen, und als der Abend gekommen war, mußte er einfach hinter den anderen hergehen, nur um zu gucken. Er wollte von niemandem gese-

hen werden. Nun stand er also an der Hausecke und sah sich den herrlichen Weihnachtsbaum an und die Schneehütte, in der die Kinder saßen und lachten und redeten, und der Klumpen im Hals fühlte sich plötzlich so dick an, daß es richtig weh tat. In diesem Augenblick entdeckte Pippi ihn. Der kleine Junge erschrak sehr, als sie gleich darauf aus der Hütte gekrochen kam. Er wollte weglaufen, aber er konnte sich nicht losreißen.

»Was bist du denn für einer?« fragte Pippi.

»Ich heiße Elof«, sagte der Junge. »Ich . . . ich fasse bestimmt nichts an.« Dann sagte er hastig: »Ob ich vielleicht ein bißchen mit in der Hütte sitzen könnte, wenn ich fest verspreche, daß ich nichts esse?«

Das war ihm entschlüpft, ehe er zum Nachdenken kam. Denn er wollte so von Herzen gern wenigstens ein ganz kleines Weilchen mit in der Hütte sein.

»Nie im Leben«, sagte Pippi.

Nun, etwas anderes hatte Elof natürlich nicht erwartet. Aber der Klumpen, den er jetzt im Hals hatte, fühlte sich womöglich noch dicker an als der vorige.

»Nie im Leben darfst du in die Hütte kommen, wenn du versprichst, daß du nichts ißt«, sagte Pippi. »Aber wenn du versprichst, daß du mehr ißt als alle andern, dann bist du schrecklich willkommen.«

Und damit schob sie Elof in die Hütte. Dort saß er bald zwischen den andern am Boden und stopfte so viel Schokolade und Torte in sich hinein, daß der Klumpen im Hals gar keinen Platz mehr hatte. Und seine Augen strahlten um die Wette mit den Kerzen, die Pippi an den Schneewänden befestigt hatte.

Es schien aber noch jemanden zu geben, der zu Pippis Plünderfest kommen wollte. Als die Kinder im schönsten Erzählen waren, hörten sie im Garten etwas jaulen, das sehr traurig und sehr verlassen klang. Pippi kroch hinaus, um nachzusehen, wer das sein konnte, der so traurige Töne von sich gab. Ein Hund war es, der da jaulte, ein zotteliger schwarzer Hund, der in einer Schneewächte saß und traurig aussah.

Pippi streckte die Arme nach ihm aus.

»Komm her zu Pippi und erzähl ihr alles«, sagte sie.

Und war es nicht seltsam? Der schwarze Hund war mit zwei Sätzen bei ihr und rollte sich in ihren Armen zusammen, als hätte er sich lange danach gesehnt, gerade dort zu liegen. Er quietschte und wimmerte, als versuchte er zu erzählen, weshalb er so traurig war.

»Ach, so ist das«, sagte Pippi. »Du Armer, du!«

»Wie ist das, Pippi?« fragte Thomas. »Verstehst du wirklich, was er sagt?«

»Warum sollte ich nicht verstehen, wenn mir jemand etwas in reinstem Schwedisch erzählt?« sagte Pippi. »Er sagt, er heißt Perk und daß er ganz allein ist und keinen einzigen Menschen hat, der sich um ihn kümmert, und daß er drei Tage durch den Schnee gelaufen ist und ganz schrecklichen Hunger und Durst hat und daß er gern mein Hund sein möchte, wenn er darf.«

»Ach, Pippi, das darf er doch sicher?« sagte Annika bittend.

Pippi nahm Perks Kopf zwischen ihre Hände und sah ihm in die Augen.

»Er darf«, sagte sie.

Da sprang Perk auf und bellte und wedelte mit dem Schwanz und versuchte, Pippi über die Haare zu lecken und über die Stirn und über die Wangen. Dann rollten sie zusammen im Schnee herum, bis Perk kein trauriger schwarzer Hund mehr war, sondern ein fröhlicher weißer Hund, der das Fell voll Schnee hatte. Pippi lief in die Villa Kun-

terbunt, um ein paar große Fleischstücke zu holen, die Perk anstelle der Sahnetorte essen sollte, und zu trinken bekam er eine große Schüssel Milch. Er war glücklich und kroch den ganzen Abend hinein in die Schneehütte und wieder hinaus und zwischen den Kindern herum. Ab und zu stieß er im Freudentaumel eine Sahnetorte um.

(So war es also damals, als Pippi ihren Hund bekam.)

»Stell dir vor, Pippi«, sagte Thomas. »Jetzt hast du einen Hund und ein Pferd und einen Affen in der Villa Kunterbunt.«

»Ja, jetzt fehlen mir nur noch ein Krokodil und ein paar kleine Klapperschlangen«, sagte Pippi vergnügt.

»Nein, Pippi, schaff dir keine Klapperschlangen an!« schrie Annika ganz entsetzt. »Sonst traue ich mich nie wieder zu dir.«

»Man kann nie wissen«, sagte Pippi. »Eines schönen Abends kommt vielleicht eine weinende Klapperschlange zu mir und bittet mich, daß sie hierbleiben und mein Halsband sein darf.«

»Oh, wie schrecklich«, sagte Elof. »Was wirst du dann sagen, Pippi?«

»Eine vernünftige Bitte habe ich noch nie abschlagen können«, sagte Pippi. »Vermutlich werde ich auch zu der Klapperschlange bitte sehr sagen.«

»Huh!« machte Annika. »Huh!«

»Kommt Zeit, kommt Rat«, sagte Pippi fröhlich. »Jetzt müssen wir mehr Torte essen.«

»Was haltet ihr davon, wenn wir jetzt meine Rodelbahn ausprobieren«, sagte Pippi, als sie alles aufgegessen hatten.

Pippi hatte vom Dach der Villa Kunterbunt herunter eine Rodelbahn gebaut. Es war die höchste und steilste Bahn, die die Kinder in ihrem Leben gesehen hatten, und sie war glatt wie Schmierseife. Diesen Hang konnte man auch sehr gut ohne Schlitten hinunterrodeln. Man mußte natürlich eine Leiter hinaufklettern, um auf das Dach zu gelangen, und das war ja ein bißchen mühsam, aber nach unten ging es dafür um so schneller. Und es war so lustig, und allen Kindern wurde heiß, und sie bekamen rote Backen und weiße Hosenböden, und der Tannenbaum stand da und leuchtete in der Dunkelheit. Man konnte ihn noch viel besser sehen, wenn man oben auf dem Dach saß, ja, und man konnte auch viel besser sehen, wie viele Pakete darin hingen. Und es ging ein Schauder der Erwartung durch die Herzen der Kinder, wenn sie daran dachten, was wohl in den Paketen sein mochte.

»Hui, wir haben ja vergessen, um den Tannenbaum zu tanzen!« schrie Pippi plötzlich.

Und da kullerte es wie Erbsen vom Dach, als alle Kinder auf einmal steil nach unten und hinein in den Schneehaufen rutschten.

»Ihr Kinderlein, kommet!« schrie Pippi. »Kommt her und laßt die alten Weisen erklingen vom Weihnachtsmann, der mit seinen Gabeln kommt, und vom Esel, der bis Ostern im Hafer raschelt.«

»Nein, Pippi, so heißt das nicht«, sagte Annika streng.

»Wirklich nicht?« sagte Pippi. »Habe ich die lieben alten Weisen am Ende vergessen? Aber eine kann ich noch ganz genau: ›Die Sternlein schlafen mit rotgoldnem Band, und warum tun sie das wohl, sie freien um das Bürgermeistertöchterlein und ziehen mit ihr in den Tannenwald, fallera.‹ Ist das nicht lustig?«

»Ach, Pippi, wie dumm du bist, es heißt ganz anders«, sagte Annika.

Trotzdem tanzten sie vergnügt um den Tannenbaum, obwohl Pippi alle Lieder ein bißchen durcheinanderbrachte.

Sie tanzten alle Kreisspiele, die sie kannten, und waren sich einig, daß es nichts Lustigeres gibt, als im Garten um den Weihnachtsbaum zu tanzen.
»Nächstes Jahr will ich meinen Tannenbaum auch im Garten haben«, sagte ein kleines Mädchen.
Dann aber kam das Allerschönste. Die Pakete! Alle Kinder durften in den Tannenbaum klettern und sich ein Paket holen. Wenn sich jemand fürchtete, so hoch hinaufzuklettern, nahm ihm Herr Nilsson das gern ab und holte das Paket herunter.
Ach, wie war es spannend, alle diese Pakete zu öffnen, und was für herrliche Sachen waren darin! Eisenbahnen und Autos und Kräne und Puppen und schöne Halsketten und süße kleine Parfümflaschen und alles, alles mögliche gab es da.
Und dann mußte nur noch der Weihnachtsbaum geplündert werden.
»Es ist wirklich viel lustiger, einen Weihnachtsbaum zu plündern, wenn man darin herumklettern darf«, sagte Thomas und hangelte sich vorsichtig einen Ast entlang, um einen Zuckerkringel zu erwischen.
»Das finde ich auch«, sagte Elof und rutschte auf dem Bauch vor bis zu einem Lebkuchenmann.
Schließlich gab es nicht einmal mehr einen Knallbonbon in der Tanne. Da kletterte Pippi hinauf und blies die Kerzen aus. Es wurde dunkel im Garten der Villa Kunterbunt. Nein, nicht richtig dunkel. Der Schnee leuchtete weiß, und oben am Himmel funkelten die Sterne.
Es war Zeit, nach Hause zu gehen. Alle Kinder hatten eine Menge Lebkuchenmänner und Knallbonbons und Fähnchen zu schleppen.
»Ihr seht aus wie lauter kleine Weihnachtsbäume«, sagte Pippi. Und dann schenkte sie jedem noch einen Kerzen-

stummel, damit sie Weihnachtsbäumen noch ähnlicher sahen und sich auch heimleuchten konnten. Die Lichter spiegelten sich in ihren Augen, ja, es war, als leuchteten Kerzenflammen darin, als sie auf Pippi zugingen, um ihr auf Wiedersehen zu sagen.

»Vielen Dank, Pippi«, sagte Annika. »Es war wirklich sehr schön.«

»Ja, das war das schönste Plünderfest, das ich je mitgemacht habe«, sagte Thomas.

»Das finde ich auch«, sagte Elof.

Perk bellte und sprang um Pippi herum. Er war bestimmt auch der Ansicht, das sei ein schönes Plünderfest gewesen. Und heute nacht würde er nicht allein auf den Straßen herumlaufen müssen. Heute nacht würde er neben Herrn Nilssons kleinem grünen Puppenbett auf dem Fußboden liegen.

»Gute Nacht, Pippi«, sagten die Kinder.

»Ihr friert hoffentlich nicht«, sagte Pippi.

O nein, niemand fror. Allen war heiß. Es war doch so herrliches Wetter, sternenklar und still und gerade richtig kalt.

Aus dem Schwedischen: Senta Kapoun

Paul Maar — Weihnachtsüberraschungen

Wenn ich versuche zurückzudenken, dann gibt es nicht viele Weihnachtsabende, an die ich mich noch genau erinnern kann. Die Erinnerungen verwischen und vermischen sich mit der Zeit, weil sie sich zu sehr ähneln. Der Ablauf des Weihnachtsabends blieb immer gleich, das einzige, was wechselte, waren die Weihnachtsgeschenke.

Ein paar Weihnachtsfeste blieben mir allerdings in Erinnerung. Das waren die besonders traurigen (während der Kriegszeit, wenn wir mit meiner weinenden Mutter etwas betreten neben dem Christbaum saßen) oder die besonders lustigen.

Aber das aufregendste Weihnachtsfest war zweifellos das, als Vater den Christbaum aus dem Fenster warf.

Die ganze Verwirrung damals kam wahrscheinlich zustande, weil sich meine große Schwester eine Weihnachtsüberraschung ausgedacht hatte, von der zwar ich etwas wußte, nicht aber der Rest der Familie. Und weil sich mein Vater gleichzeitig eine Weihnachtsüberraschung hatte einfallen lassen, von der der Rest der Familie wußte, nicht aber meine große Schwester und ich.

Unsere Weihnachtsüberraschung, also die von meiner Schwester und mir, war Joschi.

Vaters Weihnachtsüberraschung war Tante Rosi.
Joschi war ein japanischer Student, den meine Schwester in München auf der Universität kennengelernt hatte. Während des Sommers war er drei Tage bei uns zu Besuch gewesen. Die ganze Familie hatte ihn auf Anhieb gern; obwohl es schwierig war, sich mit ihm zu unterhalten. Er sprach nämlich kaum ein Wort Deutsch. Mit meiner Schwester unterhielt er sich englisch, aber Englisch konnten meine Eltern nicht, und meine Schwester war es nach ein paar Stunden leid, alles, was sie oder Joschi sagten, zu übersetzen.
Tante Rosi war meine Großtante. Sie kam ab und zu bei uns vorbei, und ich empfing sie jedesmal mit gemischten Gefühlen. Auf die Tante freute ich mich schon, denn sie war nett und wußte, daß eine Großtante ihrem Großneffen immer etwas mitzubringen hatte. Leider brachte sie auch immer Mucki mit. Das war ihr Hund, ein dicker, überfütterter Pudel, der Kinder nicht leiden konnte, jedesmal knurrte, wenn ich in seine Nähe kam und mich mehr als einmal fast gebissen hätte. Sie mußte Mucki überall mit hinnehmen, weil sie allein lebte und niemand sonst auf Mucki aufgepaßt hätte.
Der Weihnachts-Überraschungs-Plan meiner Schwester sah so aus: Sie war am Nachmittag aus München zurückgekommen, hatte Joschi heimlich mitgebracht, und es war ihr sogar gelungen, ihn unbemerkt in mein Zimmer zu schmuggeln. Da war er vor Entdeckung sicher, denn die Eltern durften am Weihnachtsnachmittag die Kinderzimmer nicht betreten, so war es abgemacht, weil dort die Geschenke für sie versteckt waren.
Joschi sollte sich aus meinem Zimmer schleichen und vor der Tür warten, nachdem wir uns alle im Weihnachtszimmer versammelt hatten. Und wenn wir – wie jedes Jahr –

anfingen, »Stille Nacht« zu singen, sollte er die Tür aufmachen und plötzlich im Weihnachtszimmer stehen.
Meine große Schwester hatte mir einen Indianer-Kopfschmuck versprochen, wenn ich niemandem etwas von dieser Überraschung erzählte. Sie wußte, daß auf meiner Wunschliste an erster Stelle stand: ein Zauberkasten und ein Indianer-Kopfschmuck aus Federn.
Was wir beide nicht wußten: Fast gleichzeitig mit Joschi war Tante Rosi mit Mucki gekommen. Wir hatten sie nicht gehört, weil wir so mit Joschi beschäftigt waren.
Der Weihnachts-Überraschungs-Plan meines Vaters sah so aus: Er hatte Tante Rosi gleich ins Weihnachtszimmer geschmuggelt. Dort lagen schon die Geschenke für mich: eine Zauberausrüstung mit Hut, Zauberstab und rotem Umhang und eine Indianer-Federkrone, die meine Mutter selbst gemacht hatte. Kurz bevor ich ins Weihnachtszimmer kam, sollte Tante Rosi die Federkrone aufsetzen und sich hinter dem zugezogenen Fenstervorhang verstecken. Meinem Vater war klar, daß ich meine Zaubersachen gleich ausprobieren würde, vielleicht sogar ein bißchen enttäuscht darüber, daß der Indianer-Kopfschmuck, den ich mir so gewünscht hatte, doch nicht auf dem Gabentisch lag. Aber nach meinem ersten Zauberspruch würde sich der Vorhang teilen und Tante Rosi erscheinen, als Indianer mit meiner Federkrone.
Endlich war es draußen dunkel geworden, meine Mutter rief nach uns, die Tür zum Weihnachtszimmer wurde geöffnet. Die Kerzen am Christbaum brannten und spiegelten sich in den versilberten Christbaumkugeln. Es roch weihnachtlich.
Zu meiner Überraschung bestanden meine Eltern nicht darauf, daß erst einmal Weihnachtslieder gesungen werden müßten, wir durften uns gleich die Geschenke ansehen.

Ich entdeckte sofort die Zaubersachen und stürzte mich darauf.
»Gefallen sie dir?« fragte meine Mutter.
»Ganz toll!« rief ich und setzte gleich den spitzen Zauberhut auf, um zu sehen, ob er mir paßte.
»Sicher willst du den Zauberstab gleich ausprobieren!« sagte mein Vater.
»Nein, erst muß ich den Zaubermantel anziehen«, antwortete ich und versuchte, mir den Zauberumhang umzulegen. Ich kam mit dem Verschluß nicht zurecht.
Mein Vater stand ungeduldig daneben.
»Ich werde gleich was verschwinden lassen«, sagte ich.
»Verschwinden lassen ist nicht gut«, sagte mein Vater. »Zauberer zaubern etwas her. Am besten etwas Großes, etwas Lebendiges. Keinen Gegenstand!«
»Vielleicht einen Elefanten?«
»Der ist zu groß, der paßt ja nicht ins Zimmer! Es muß ein Mensch sein!«
»Ein Mensch? Also gut! Ein fremder Mensch?«
Ich dachte an den armen Joschi, der ja immer noch vor der Tür stand, da wir bis jetzt noch keine Weihnachtslieder gesungen hatten.
»Einen Japaner«, rief ich. »Ich werde einen Japaner herzaubern!«
»Japaner!« wiederholte mein Vater ärgerlich. »Fällt dir nichts Besseres ein? Du hast doch den Lederstrumpf gelesen. Na? Jemand aus einem anderen Volk, von ganz weit her!«
»Du hast wohl etwas gegen Japaner!« rief meine Schwester empört und wurde ganz aufgeregt.
»Nein, natürlich nicht, das weißt du doch. Aber es dauert wirklich ewig, bis er sich den Indianer herwünscht!«
»Woher soll ich denn wissen, daß es ein Indianer sein soll!«

sagte ich beleidigt und war nahe daran, in Tränen auszubrechen. Ich verstand meinen Vater nicht. Es war doch klar, daß das Ganze ein Spiel war.
Meine Mutter sagte vorwurfsvoll: »Ihr werdet doch am Heiligen Abend keinen Streit anfangen wollen!«
»Du hast recht«, sagte meine große Schwester. »Wir sollten endlich anfangen zu singen.«
»Nein, noch nicht«, sagte mein Vater aufgebracht. »Du singst doch sonst nie gerne Weihnachtslieder. Warum denn ausgerechnet jetzt, wo sich dein Bruder einen Indianer herwünschen will!«
»Also gut«, sagte ich. »Zaubere ich einen.«
»Aber von wo soll er kommen?« fragte mein Vater. »Schau dich mal um, am besten wäre es wie über eine Bühne.« Dabei stellte er sich neben den Fenstervorhang.
»Nein, von der Tür«, sagte ich. Denn ich dachte an Joschi, der immer noch draußen stand.
»Nicht durch die Tür!« Mein Vater wurde ärgerlich. »Er muß durchs Fenster kommen.«
»Nein, durch die Tür«, beharrte ich.
»Durchs Fenster!«
»Jetzt laß doch den Paul wünschen«, sagte meine Schwester mit Nachdruck. »Schließlich ist es doch *sein* Zauberstab.«
Ich merkte, daß mein Vater schon wieder nah dran war, aufzubrausen. Er bekam schon einen ganz roten Kopf, deswegen sagte ich schnell: »Na schön, soll der Japaner durchs Fenster kommen.«
»Der Indianer, der Indianer!« verbesserte mein Vater.
Ich nahm meinen Zauberstab in die rechte Hand und zog einen weiten Zauberkreis über den Vorhang. Ehe ich aber dreimal »Abrakadabra« sagen konnte, stürzte mit lautem Bellen Mucki auf mich zu und biß sich in meinem roten

Zaubermantel fest. Einen Augenblick später erschien Tante Rosi im Indianerkopfschmuck zwischen den Vorhanghälften, schrie »Mucki, brav! Mucki, hierher!«, packte Mucki am Halsband und zog so stark sie nur konnte. Mucki ließ meinen Zaubermantel aus den Zähnen, Tante Rosi stolperte rückwärts gegen den Christbaum, der Baum kippte und fiel um. Im Nu fingen die Zweige an zu brennen. Tante Rosi schrie »Feuer!« und rannte zur Tür, meine Mutter rief »Wasser! Schnell!« und lief ihr nach. Tante Rosi erreichte die Tür als erste, riß sie auf, schrie »Huh!« oder »Huch!« oder so etwas Ähnliches und blieb wie versteinert stehen. Etwas verlegen kam Joschi ins Zimmer, lächelte erst und schaute dann erschrocken auf den brennenden Christbaum. Meine Mutter sagte entgeistert: »Der Joschi!!!« und blieb ebenfalls stehen. Nur mein Vater sagte überhaupt nichts, rannte zum Fenster, riß es auf, packte den brennenden Christbaum und warf ihn mit allen Christbaumkugeln, Strohsternen und vergoldeten Nüssen hinaus in den Schnee.
Später saßen wir dann alle um den Tisch und aßen den Weihnachtssalat aus Kartoffeln, Nüssen und Äpfeln, den es jedes Jahr gab. Joschi strahlte, meine Schwester lachte pausenlos, und mein Vater sagte: »Ich glaube, diesen Weihnachtstag werden wir nicht so schnell vergessen!«
Und damit hat er recht gehabt. Wenn ich mal nach Japan komme, kann ich ja meine Schwester fragen, ob sie sich auch noch daran erinnert.

Christine Nöstlinger
Der Christbaum meiner Mutter

Manche Leute leben fürs Briefmarkensammeln. Sie arbeiten, essen, schlafen und gehen ins Kino; aber wichtig sind ihnen nur die Briefmarken. Was für die einen Briefmarken, ist für andere Bergsteigen oder Bücherlesen. Für meine Mutter war es Weihnachten. Sie hat für Weihnachten gelebt.

Meine Mutter ist ein sehr reiches Kind gewesen. Sie hat in einem großen Haus gewohnt, Dienstboten waren da, eine sehr dicke Großmutter, und alles, was das reiche Kind gewollt hat, hat es bekommen. Dann hat die sehr dicke Großmutter der Schlag getroffen, und der Erste Weltkrieg ist gekommen. Ein reiches Kind darf seinen Reichtum nicht verwalten. Die Obervormundschaft paßt auf das Geld auf. Und die Obervormundschaft hat vom Geld meiner Mutter Kriegsanleihe gezeichnet. Gewehre und Munition und Uniformen sind davon gekauft worden. Der Kaiser hat versprochen, nach dem Krieg das Geld mit Zinsen zurückzuzahlen. Aber der Kaiser hat den Krieg verloren, und der Reichtum war weg, und meine Mutter ist in ein Heim gekommen, in dem sie nicht glücklich war. Glücklich war sie nur, wenn sie an früher gedacht hat, an das große Haus und die sehr dicke Großmutter, und weil Weihnachten dort besonders glitzernd und duftend und prächtig war, hat sie sich immer an Weihnachten erinnert und von Weihnachten geträumt. Und als meine Mutter dann erwachsen war und Kinder gehabt hat, hätte sie ihren Kindern natürlich gern alles gegeben, was in ihrer Erinnerung schön war. Doch das war nicht möglich, weil wir arm waren. Aber einmal im Jahr wenigstens wollte meine Mutter, daß es so wird wie in ihrer schönsten Erinnerung. Alles sollte so glitzern und duften und prächtig sein wie bei der sehr dicken Großmutter im großen Haus.

Schon im Frühjahr durfte ich den Schrank nicht aufmachen. Hinter der Wäsche waren die ersten Weihnachtsgeschenke.

Ab Mai versteckte meine Mutter, wenn ich ins Zimmer kam, schnell etwas unter einem Tuch. Sie arbeitete an den gestrickten Geschenken. Im Herbst verhandelte sie flüsternd mit der Nachbarin, und kurze Zeit später türmten sich auf den Nachbarschränken verpackte Riesendinge. (Schaukelpferde, Fahrräder und Kaufläden waren in unserer winzigen Wohnung nicht zu verbergen.) Im Oktober wickelte meine Mutter Schokolade in Fransenpapier, und ab November, wenn der Kaufmann den Christbaumbehang bekam, kam sie summend vom Einkaufen zurück und brachte stanniolgewickelte Engel, Papageien und Dampfschiffe heim. Jeden Abend zählte sie ihre wachsenden Schätze. Den Christbaum kauften wir am ersten Tag, an dem Christbäume zu kaufen waren. Meine Mutter sagte nicht: Heute ist der 5. Dezember. Sie sagte: Heute in neunzehn Tagen ist Weihnachten. Und mit jedem Tag wurde sie lustiger und bekam Augen wie gläserne Christbaumkugeln. Am 21. Dezember begann sie mit dem Möbelrücken. Wir hatten nur ein Zimmer. Für den Christbaum war da kein Platz. So kam das Radio auf den Schrank und das Radiotischchen in den Keller, der Eßtisch wurde an die Betten gerückt, der weiche Stuhl kam in die Küche. Dann holte meine Mutter den Christbaumschmuck vom Dachboden und polierte Glaskugeln, bügelte Silberfäden, bog Engelsflügel zurecht, klopfte Kerzenhalter gerade, zupfte Silbergirlanden von Wachs frei und strich den Stern für die Baumspitze mit Goldlack. Niemand konnte sie dabei stören.

Am 24. Dezember, Punkt elf Uhr, sagte dann meine Mutter: »Vater, der Baum!« Es war jedes Jahr das gleiche! Hatte mein Vater den verschneiten hartgefrorenen Baum vom Hof hereingeschleppt, stellte sich heraus, daß meine Mutter den Baum unterschätzt oder die Höhe des Zimmers überschätzt hatte. Fluchend nahm mein Vater den Fuchsschwanz und kürzte den Baum um einen Meter. Und schimpfte auf den Trampel von einer Frau, die Jahr für Jahr zu hohe Bäume kauft. Meine Mutter summte »Ihr Kinderlein kommet« und kehrte Tannennadeln und Sägemehl weg und wischte die Wasserlachen vom geschmolzenen Schnee auf. Auch der gekürzte Baum hatte einen sehr dicken Stamm. Mein Vater schwitzte sich naß, bis er den Stamm fest im Christbaumhalter hatte. Stand der Baum dann endlich aufrecht und mit den untersten Astreihen sowohl mein halbes Bett als auch den halben Eßtisch verdekkend, suchte ihn meine Mutter nach unschönen Stellen ab, und mein Vater mußte Löcher in den Stamm bohren und Teile der abgesägten Äste in die Löcher leimen. Mit Hilfe der Hausleiter behängten wir den Christbaum. Ich habe – als Kind – nie schwerer gearbeitet als an diesem Tag. Stunden um Stunden befestigte ich Behang an Schnur, Schnur an Haken, Haken an Ast. Dann kam das Lametta, und die Kerzen folgten den Sternspuckern. Im Haus hatten längst alle Bescherungsglöckchen gebimmelt, und durch alle Rit-

zen roch es nach Karpfen und Backfett, bis wir den Christbaum fertig hatten. Dann hockten meine Schwester und ich auf zwei Schemeln in der Küche und warteten. Zwischendurch mußten wir die Augen fest zumachen, weil meine Mutter die großen Pakete von der Nachbarin durch die Küche ins Zimmer schleppte. Und unser Vater kam alle paar Minuten aus dem Zimmer, mit Bergen von Packpapier, Schnüren, Schachteln und murmelte: »Der helle Wahnsinn, der blanke Irrsinn«, bevor er wieder im Zimmer verschwand. Wenn meine Schwester und ich bis weit über die Knie im Packpapier hockten, bimmelte im Zimmer das Glöckchen, und meine Mutter machte die Tür auf. Nirgendwo in der ganzen Stadt gab es größere Berge von Geschenken! Alles, was wir uns gewünscht hatten und noch viel mehr, war da. Meine Mutter hat uns zugeschaut, wie wir gierig und vor Freude quietschend alles angestaunt haben und hat gesagt: »Grafenkinder können auch nicht mehr bekommen!«

Das Geld für den Christbaum und die Geschenke hat meine Mutter mit Heimarbeit verdient. Jeden Tag hat sie stundenlang Gummibänder an Haarnetze gesteppt, Dochte für Grablichter in Spanringe gesteckt und Papiersiegel an Aufreißschnüre für Kaiserborax geklebt. Über zehn Jahre hat sie einen Mantel getragen, und wenn in der Schule Sprechtag war, hat sie sich den Mantel von der Nachbarin geborgt, damit sie sich in der Schule nicht genieren muß. Sie war nie auf Urlaub, nie im Theater. Sie hat keinen Schmuck gehabt, sie hat oft kein Geld gehabt, wenn der Kassierer vom Gaswerk gekommen ist. Sie hat nur Weihnachten gehabt.

Mein Vater ist tot, und ich bin erwachsen. Zu Weihnachten kommt meine Mutter zu mir. Meine Töchter sagen, das Fest des Friedens sei eine Augenwischerei. Und unser

Christbaum ist sehr klein. Er hat aber Wurzeln. Wir pflanzen ihn später im Garten ein, damit er einen Sinn hat. Wenn meine Mutter zu Weihnachten bei uns den kleinen Christbaum anschaut und ihre Enkel, die seit Wochen in den Pelzjacken herumrennen, die eigentlich als Weihnachtsgeschenk gedacht waren, dann schäme ich mich; obwohl ich gar nichts dafür kann, daß der Kaiser den Ersten Weltkrieg verloren hat.

Ursula Wölfel
Die Weihnachtslüge

Rebekkas Rock ist bunt geblümt und reicht ihr bis zu den Waden. Gerade hat Großmutter wieder einen Streifen Stoff an den Rock genäht, damit er lang genug ist. Den Stoff hat Großmutter von ihrem eigenen Rock unten abgeschnitten. Denn Großmutter wird immer kleiner, so alt ist sie schon, und Rebekka wächst so schnell, seit sie acht Jahre alt geworden ist.
Einmal hat Rebekka gefragt: »Warum muß mein Rock denn so lang sein? Die Mädchen in der Schule haben ganz kurze Röcke, und die anderen Kinder auf der Straße sehen mir immer nach, und sie flüstern und zeigen mit dem Finger auf mich, sie lachen sogar.«
»Nur andere Kinder tragen kurze Röcke«, hat Großmutter gesagt. »Du bist doch ein Zigeunermädchen!«
Und Rebekka hat nie mehr davon geredet.
Großmutter Antonia und Rebekka wohnen in einem alten Eisenbahnwagen. Er hat keine Räder mehr, er steht auf einem Steinsockel zwischen dem Bahndamm und der Drahtfabrik. Aber nur ein einziges Abteil im Wagen gehört Großmutter Antonia und Rebekka. In den anderen Ab-

teilen wohnt Großtante Roswitha mit ihrer großen Familie, mit ihren Töchtern Maria, Therese und Annabella, mit ihren Schwiegersöhnen Carlos, Pjotr und Joans, mit elf Enkelkindern und zwei Urenkel-Babys.
In Großmutters und Rebekkas winzigem Zimmer ist nur Platz für ein Bett, einen kleinen Herd, ein Tischchen, ein Topfgestell und einen Sessel. Großmutter findet, daß sie genug Platz haben. Hatten sie denn mehr, als sie früher im Wohnwagen unterwegs waren? Und damals lebten Rebekkas Eltern noch, und der große Bruder Tonio war auch noch bei ihnen. Einmal hat Rebekka gefragt: »Warum wohnen wir nicht in einem Haus in einer richtigen Wohnung?«
»Die anderen Leute wollen keine Zigeuner in ihren Häusern haben«, hat Großmutter gesagt. Und Rebekka hat nie mehr davon geredet.
Aber jetzt wird bald Weihnachten sein, und Rebekka wünscht sich einen Hund.
»Unmöglich!« sagt Großmutter. »Wir haben keinen Platz für einen Hund.«
»Ich baue ihm eine Hütte aus einer alten Kiste!« ruft Rebekka.
»Hunde brauchen Futter«, sagt Großmutter. »Hunde bekommen keine Rente.«
»Ich suche ihm Knochen und Abfälle aus den Mülltonnen!« ruft Rebekka.
»Der Polizist wird kommen!« sagt Großmutter. »Und dann müssen wir Hundesteuer bezahlen.«
»Hundesteuer? Was ist das?« fragt Rebekka.
»Geld«, sagt Großmutter. »Geld! Und Roswitha mag Hunde nicht leiden.«
»Ich helfe dir beim Verkaufen!« ruft Rebekka. »Nachmittags, wenn du müde bist und wenn ich keine Schule mehr

habe, gehe ich zu den Leuten an die Türen! Dann haben wir genug Geld für die Hundesteuer!«
»Und Roswitha?« fragt Großmutter.
Da weiß Rebekka nichts mehr zu sagen. Denn Großtante Roswitha ist Großmutters ältere Kusine, sie ist die älteste Frau in der Familie, und alle müssen tun, was sie will. Das ist eben so bei ihnen.
Aber Rebekka wünscht sich doch so sehr einen Hund! Und wenn ihr das Christkind einen schenkt? Gegen das Christkind kann Großtante Roswitha nichts sagen. Bekommen nicht die anderen Kinder die herrlichsten Sachen zu Weihnachten? Sie erzählen doch immer in der Schule davon. Puppenhäuser und Eisenbahnen bekommen sie, Bücher, Spiele, Schlitten, Rollschuhe, Fahrräder! Natürlich, das Christkind ist arm, und die Leute müssen die schönen Sachen in den Läden kaufen, damit die Kinder sie zu Weihnachten bekommen können. Deshalb bekommt ja Rebekka auch immer nur ein großes Lebkuchenherz und irgendwas zum Anziehen zu Weihnachten. Großmutter hat kein Geld für Spielsachen.
Aber ein Hund braucht doch gar kein Geld zu kosten! Rebekka weiß das genau. Im Sommer war doch der große Bruder Tonio hier. Mit seinem schneeweißen Wohnanhänger und dem blitzenden Auto ist er gekommen, mit seiner jungen Frau und dem kleinen Jungen. Und Joko war dabei, der Hund, der dem großen Bruder Tonio eines Tages einfach nachgelaufen ist. Warum soll nicht auch ein Hund hinter Rebekka herlaufen und immer bei ihr bleiben wollen? Das Christkind soll bitte solch einen Hund schikken!
Also redet Rebekka mit Großmutter nicht mehr über den Hund. Aber sie sammelt jetzt schon Knochen aus den Mülltonnen. Die tut sie alle in einen Pappkasten, und der

steht gut versteckt unter einem Steinhaufen am Bahndamm. Rebekka findet sogar eine zerrissene Hundeleine. Die flickt sie mit Draht, reibt das Leder mit Margarine blank und versteckt die Leine dann unter der Matratze. Aber keiner von den Hunden auf der Straße will ihr nachlaufen. Ob sie bis Weihnachten warten muß? Vielleicht sitzt der Hund dann einfach vor der Wagentür! Wer kann das wissen? »Joko« will Rebekka ihn nennen, wie Bruder Tonios Hund.

Am 23. Dezember wird Rebekka sehr früh wach. Eigentlich könnte sie noch ein bißchen schlafen, sie hat doch schon Weihnachtsferien. Aber irgend etwas lärmt da hinter dem Wagen, es kratzt und scharrt. Rebekka richtet sich auf und sieht durch den Gardinenspalt. Draußen ist es noch dunkel, aber die Lampen von der Drahtfabrik leuchten herüber. Und Rebekka sieht, wie da ein Hund, ein grauer, struppiger Hund mit Zähnen und Pfoten den Knochenkasten unter den Steinen hervorzerren will. Schnell macht sie die Augen zu. Darf sie denn ihren Hund heute schon sehen? Morgen ist doch erst Weihnachten! Aber sie muß doch wieder hinausblinzeln, nur ein bißchen. Der arme Hund hat bestimmt Hunger. Wie mager er ist! Und allein kommt er nicht an die Knochen im Kasten. Rebekka muß ihm helfen.
Im Hemd, barfuß läuft sie hinaus. Großmutter schläft doch noch?
Der Hund knurrt, er springt zurück, er sträubt das Nakkenfell und zieht die Lippen von den Zähnen.
»Joko!« flüstert Rebekka. »Jokoli! Sei still, ich bin's doch!«
Sie hat ein bißchen Angst, aber sie räumt schnell die Steine weg und sucht nach dem schönsten, größten Knochen im

Pappkasten. Der Hund bellt jetzt wütend. Rebekka hält ihm den Knochen hin, und langsam, Schritt für Schritt, kommt er näher. Dann, ganz plötzlich schnappt er zu, packt den Knochen, reißt ihn aus Rebekkas Hand und rennt damit weg.
»Joko! Hierher, Joko!« ruft sie. Aber er kommt nicht. Großmutter klopft ans Fenster und ruft Rebekka herein.
»Joko?« fragt sie. »Was für ein Joko? Warum hast du ›Joko‹ gerufen?«
»Joko ist mein Hund!« ruft Rebekka und umarmt sie. »Das Christkind hat ihn mir geschenkt, weil ich mir so sehr einen Hund gewünscht habe! Ich darf ihn doch behalten, Großmutter?«
»So«, sagt Großmutter nur. »Vom Christkind soll er sein? So, so. Geh, wasch dich, und zieh dich an. Im Hemd nach draußen laufen!« Sie stopft Papier unter das Holz im Herd, legt ein halbes Brikett obenauf und füllt den Kessel aus dem Wassereimer.
»Er ist weggelaufen. Aber er kommt wieder! Er kommt doch bestimmt wieder, meinst du nicht auch?« fragt Rebekka.
»Natürlich kommt er wieder«, murmelt Großmutter. »Er riecht sie doch, deine Stinkknochen da draußen. Hab sie schon gesehen.«
Sie sitzt jetzt auf dem Bett und bindet das Kopftuch über ihren kurzen, dünnen Zopf. »Und wer bezahlt die Hundesteuer?« fragt sie.
Rebekka ist still. Morgens hat Großmutter doch oft schlechte Laune. Wenn sie erst Kaffee getrunken und eine Zigarette geraucht hat, kann man besser mit ihr reden.
Aber heute ist das anders. Gleich nach dem Frühstück nimmt Großmutter die Verkaufstasche. Sie sagt: »Ich fahre aufs Land. Koch Kartoffeln.« Dann geht sie.

Rebekka räumt auf. Sie putzt den Fußboden, sie scheuert die Herdplatte, sie wäscht sogar den bunten, gekrausten Vorhang vom Topfgestell und hängt ihn draußen hinter dem Wagen auf die Leine. Wie sie sich umdreht, steht der Hund, der graue Hund auf dem Steinhaufen! Er macht leise »wuff!« und sieht Rebekka an.
»Joko!« ruft sie. Da springt er zur Seite und guckt wieder mißtrauisch und böse. »Komm, komm!« flüstert Rebekka und streckt die Hand aus.
Er macht den Hals lang, schnüffelt an ihren Fingern, schnüffelt am Rock und wedelt ein ganz klein bißchen mit dem Schwanz. Mit der anderen Hand tastet Rebekka nach dem Knochenkasten, greift hinein und hält dem Hund einen schönen großen Schinkenknochen vor die Nase. Nicht zu nah, er soll ihr nicht noch einmal weglaufen.
Langsam geht sie rückwärts zum Wagen, und Joko folgt ihr!
»Da!« ruft Rebekka, wirft den Knochen auf den frisch geputzten Fußboden und schlägt dann schnell die Tür zu. Schon ist Joko mit dem Knochen unter den Herd gekrochen. Rebekka sieht zu, wie er gierig frißt. Sie holt das Brot aus dem Topfgestell und schneidet ihm ein Stück nach dem anderen ab. Joko frißt und frißt, und dann läßt er sich endlich auch streicheln. Aber bald schläft er ein. Rebekka hockt vor ihm und sieht ihn an und ist glücklich.
Plötzlich steht Großmutter an der Tür. Sofort ist Joko wach. Er bellt wütend.
»Bist du still! Das ist doch Großmutter!« ruft Rebekka. Großmutter stellt die Tasche ab und fragt: »Hast du ihn hereingeholt?«
»Er ist mir nachgelaufen«, antwortet Rebekka.
»Wer lügt, bekommt eine steife Zunge«, sagt Großmutter, nimmt den Besen vom Haken und kehrt damit den Hund

einfach zur Tür hinaus. Mit eingekniffenem Schwanz rennt er weg.
»Joko, Jokoli!« ruft Rebekka und läuft hinterher. Aber er ist nicht mehr zu sehen.
Bis zum Abend, bis es dunkel wird, sitzt Rebekka auf dem Steinhaufen und wartet. Dann klopft Großmutter ans Fenster und winkt sie herein. Sie sprechen mit keinem Wort von Joko, sie reden überhaupt nicht mehr viel.
Am nächsten Morgen sitzt Joko vor der Tür und bellt. Rebekka springt aus dem Bett, aber Großmutter hält sie am Hemd fest. »Bleib hier«, sagt sie und macht strenge große Augen.
Joko heult, und jetzt hat Großtante Roswitha ihn auch gehört! Sie schimpft aus dem Fenster, Rebekka hört es.
Und Großmutter knöpft in aller Ruhe ihren Rock zu, bindet das Kopftuch und nimmt wieder den Besen. Aber kaum hat sie die Tür aufgemacht, da schlüpft Joko an ihr vorbei und verkriecht sich gleich unter dem Herd.
Draußen steht Großtante Roswitha. »Was ist das für ein Köter?« fragt sie und zeigt mit dem Stock auf Joko. »Wir wollen keine Hunde im Wagen haben! Hast du das vergessen, Antonia?«
Und Großmutter antwortet: »Das ist Rebekkas Hund! Du brauchst dich gar nicht darum zu kümmern!«
Sie wirft die Tür zu, und Rebekka lacht und tanzt vor Freude zwischen Herd und Tisch.
»Laß das!« sagt Großmutter. »Zieh dich an!« Sie bückt sich zum Herd und stochert in der Glut und streichelt zwischendurch ganz schnell einmal Jokos struppigen Kopf. Rebekka sieht es.
»Darf ich ihn behalten?« fragt sie. »Großmutter, darf ich ihn wirklich behalten? Ach, ich freu mich so!«
Großmutter antwortet ihr nicht. Sie stellt Brot und Mar-

melade auf den Tisch und setzt sich dann auf die Bettkante, sieht aus dem Fenster und raucht. Rebekka zieht sich schnell an, und zwischendurch fragt sie immer wieder: »Darf ich, Großmutter? Sag doch etwas! Darf ich Joko behalten? Heute ist doch Weihnachten!«

Aber Großmutter schweigt und raucht.

Dann sitzen sie am Tisch, Rebekka auf dem Bett und Großmutter im Sessel. Wieder fragt Rebekka: »Großmutter?«

Und Großmutter rührt nur in ihrer Kaffeetasse und schweigt und raucht. Sie ißt nichts. Sie schneidet aber eine dicke Scheibe vom Brot und wirft sie Joko zu. Rebekka lacht – aber da sieht sie, daß Großmutter weint. Kleine Tränen laufen über ihr faltiges braunes Gesicht, ihre Lippen zucken wie bei einem kleinen Kind.

»Großmutter!« ruft Rebekka erschrocken. Sie springt auf, zwängt sich so hastig am Tisch vorbei, daß der Kaffee überschwappt, und umarmt die alte Frau. Großmutter schiebt sie weg und steht auf.

»Nein!« sagt sie laut. Sie packt Joko am Nackenfell und setzt ihn vor die Tür. Dann nimmt sie den Eimer und gießt einen Schwall Wasser hinter ihm her. Joko jault erschrokken auf und rennt mit großen Sprüngen weg.

»Jetzt kommt er nicht mehr wieder!« sagt Großmutter. Und immer noch laufen Tränen über ihr Gesicht.

Rebekka steht hinter ihr. Beide Fäuste steckt sie in den Mund, sie beißt auf ihre Finger, weil sie sonst schreien müßte vor Zorn und Traurigkeit.

Danach geht Großmutter weg, wie alle Tage. »Ich komme mittags wieder«, sagt sie und streichelt Rebekkas Rücken. Aber Rebekka schüttelt Großmutters Hand ab. Großmutter geht weg. Und nun weint Rebekka, sie steht am Fenster und weint und weint. Dann trocknet sie sich das Gesicht

mit dem Federbettzipfel ab, holt die Hundeleine unter der Matratze hervor und läuft hinaus.
Sie sucht Joko im Gebüsch am Bahndamm, sie sucht ihn auf dem Schuttabladeplatz hinter der Drahtfabrik, sie läuft durch die Straßen, weit in die Stadt hinein. Sie sucht Joko in den Toreinfahrten, den Höfen, den dunklen Bahnunterführungen. Sie rennt im Stadtpark hinter einem grauen Hund her und ruft: »Joko! Jokoli!« Aber es ist ein fremder Hund, einer mit einem feinen roten Halsband. Rebekka drängelt sich durch die Menschenmenge auf dem Weihnachtsmarkt, hinter alle Buden, und unter alle Marktwagen sieht sie, und sie kümmert sich gar nicht um all die schönen Sachen, die da ausgestellt sind. Sie läuft durch die Geschäftsstraßen und merkt gar nicht, daß so viele Leute sich nach ihr umdrehen, wie sie da mit dem langen Rock und wirren Haaren vorüberrennt. Sie sucht Joko.
Sie findet ihn nicht.
Es wird immer stiller in den Straßen, die Läden schließen, der Weihnachtsmarkt wird abgebaut, die Christbaumverkäufer fahren mit leeren Lastwagen nach Hause. Rebekka sucht Joko und findet ihn nicht.
Es wird dämmerig, und hinter vielen Fenstern leuchten schon die Kerzen an den Weihnachtsbäumen. Rebekka findet Joko nicht. Sie ist müde und hungrig, und endlich geht sie zum Eisenbahnwagen am Bahndamm zurück. Immer noch hält sie die Hundeleine in der Hand.
Jetzt ist es fast ganz dunkel. Großmutter steht an der offenen Wagentür.
»Mein Vögelchen, schwarzes Vögelchen!« sagt sie nur und gibt Rebekka einen Kuß.
Im Wagen duftet es nach Fleisch und Gemüse und Herdrauch. Auf dem Tisch brennt eine Kerze, daneben liegen Tannenzweige und ein großes Lebkuchenherz und neue

rote Strumpfhosen. Dann steht da noch ein seltsames braunes Ding: Ein Dackelhund aus Blech, nicht größer als Rebekkas Hand.
»Ach!« sagt Rebekka.
Und dann redet Großmutter, hastig und laut redet sie: »Weil du doch so gern einen Hund haben wolltest und weil wir doch so arm sind und Roswitha – du weißt ja. Ich bin in der Stadt im richtigen Spielwarengeschäft gewesen. Ach, ich wollte dich doch nicht traurig machen, und ich meine, warum sollst du nicht auch einmal etwas zum Spielen bekommen, bist doch noch ein Kindchen, ein kleines, und immer so brav! Man kann ihn aufziehen, den Hund, er läuft über den Tisch; zum Lachen ist das, du wirst dich freuen, bestimmt wirst du dich freuen, gib acht!«
Sie nimmt einen Blechschlüssel aus der Rocktasche und zieht den Hund auf. Er schnurrt und wackelt bis zur Tischkante, wendet um und wackelt zurück, und immer so weiter, hin und her, bis die Feder abgelaufen ist. Die ganze Zeit steht Rebekka da an der Tür, sie rührt sich nicht, sie sieht den Blechhund an, und hinter dem Rücken preßt sie die Finger immer fester um Jokos Leine.
»Freust du dich gar nicht?« fragt Großmutter. »Soll ich ihn noch einmal aufziehen, oder willst du es selbst tun?« Ihre Stimme zittert. Vielleicht weint sie wieder? Rebekka kann Großmutter jetzt nicht ansehen. Aber sie holt tief Luft, und dann ruft sie:
»Wie schön, Großmutter, wie schön ist der Hund! Und so lustig! Ich freue mich sehr! Vielen, vielen Dank! Und die roten Strumpfhosen sind auch so schön! Und nachher teilen wir uns das Lebkuchenherz, ja? Aber der Hund ist doch das Schönste!«
Auch Rebekkas Stimme zittert. Denn sie lügt.
Großmutter fragt schnell: »Wollen wir essen? Bestimmt

hast du Hunger, mein Hühnchen, mein schwarzes, meine kleine Amsel! Gebratenes Fleisch habe ich für dich!«
Und während Großmutter den Tisch deckt, stopft Rebekka die Hundeleine tief unten in den Kohlenkasten.
Später, vor dem Einschlafen, im Dunkeln, sagt Großmutter zu Rebekka:
»Du wirst keine steife Zunge bekommen. Du bist ein gutes Kind. Gottes junger Sohn weiß es.«

Eva Marder

Der gläserne Vogel

Die Schachtel mit dem Christbaumschmuck war groß und grün und mit Sternen bedruckt. Keine andere Schachtel auf dem Speicher sah von außen so feierlich aus. Schon daran merkte man, daß etwas Besonderes darin lag.
Da gab es Eiszapfen und schillernde Kugeln. Es gab Engel aus Wachs und Glitzerpapier. Es gab Sterne aus Strohhalmen und Glocken mit einem hellen Klang.
Das Schönste aber war der gläserne Vogel. Er war der Älteste unter all dem Christbaumschmuck. Ja, er war sogar der Älteste in Xanders Familie. Schon der Urgroßvater hatte ihn jedes Jahr an den Christbaum gehängt.
Seit dem ersten Advent juckte es Xander in den Fingern – juckte und juckte. Er wollte den Vogel vor Weihnachten sehen und anfassen.
Der Nikolaustag ging vorbei, der zweite Advent und der dritte – und eines Tages hielt Xander es nicht mehr aus. Als die Mutter zum Laden an der Ecke gegangen war, nahm er den Speicherschlüssel vom Haken und schlich die Speichertreppe hinauf. Oben war es dunkler als im Treppenhaus und stiller. Xanders leise Schritte schienen zu dröhnen. Kaum bekam er das Schloß auf vor Aufregung.
Er holte die Schachtel aus ihrem Winkel und stellte sie da hin, wo mehr Licht war. Dann knüpfte er den Bindfaden

auf, hob den Deckel hoch – und sah lauter Seidenpapier. Die Mutter wickelte jedes Stück immer sorgfältig ein. Für die Eiszapfen nahm sie hellblaues Papier, für die Kugeln grünes, für die Engel rotes, für die Glocken gelbes und für die Sterne rosa Papier. Doch all die bunten Farben ließen Xander kalt. Seine Augen suchten das weiße Papier, in das der gläserne Vogel eingeschlagen war. Als er es berührte, kribbelten seine Finger – als ob er etwas Elektrisches anfaßte. Behutsam wickelte Xander ein weißes Papier ab und noch eins und ein drittes. Und da lag der Vogel – mit Schwanz- und Flügelspitzen aus gesponnenem Glas.

Die Dämmerung kroch durch die Speicherfenster, aber der Vogel schimmerte. Ein geheimnisvolles Licht ging von ihm aus. Ein Licht, das die Dämmerung verscheuchte.

Doch wer sich so lange nach etwas gesehnt hat, dem ist anschauen auf die Dauer zu wenig. Und schon hielt Xander den Vogel in beiden Händen. Er war leichter als ein Schmetterling, und er sah lebendig aus – und sein Herz klopfte. Aber das war Xanders eigenes Herz. Es klopfte und pochte – und pochte und klopfte. Und seine Hände waren feucht und glitschig.

Und plötzlich gab es keinen gläsernen Vogel mehr – nur noch Splitter. »Oh«, sagte Xander, und in seiner Stimme klang solch ein Schrecken, als hätte er eine Scheune angezündet. »Oh!« Lange saß er da und hielt die Splitter aneinander – ob man sie vielleicht kleben konnte?

Doch wie soll jemand winzige Splitter kleben!

Wenn ich den gläsernen Vogel nicht ganz machen kann, muß ich einen neuen finden, dachte Xander. Aber wo fand man einen Vogel, der so alt war, daß er schon am Christbaum des Urgroßvaters gehangen hatte? Womöglich beim Trödler, der mit alten Sachen handelte.

Ohne die großen und kleinen Splitter wegzuschieben, lief er die Treppen hinunter.
Der eine Trödelladen lag am Elefantenweg. Als Xander die Tür aufmachte, schepperte die Messingglocke – und beim Zumachen noch einmal. Grell und laut schepperte sie, und der dürre, vertrocknete Mann im Laden schaute mürrisch drein.
»Ich . . .« stotterte Xander. »Ich – wollte – bloß fragen, ob Sie – einen alten gläsernen Vogel haben.«
»Hinten«, brummte der Mann und zeigte mit dem Daumen über die Schulter. Es standen drei gläserne Vögel in der Ecke – große häßliche Viecher mit aufgesperrtem Schnabel. »Nicht solche«, sagte Xander. »Ich möchte einen für den Baum.«

»Ich verkaufe keinen Christbaumschmuck«, entgegnete der Mann und sah ihn zornig an.
»Ich hab's nicht bös gemeint«, murmelte Xander und rannte hinaus. Hinter ihm schepperte die Messingglocke.
Aus einem Laden fiel Neonlicht auf die Brunnenfigur und malte ihr ein Gespenstergesicht mit dunklen Augenhöhlen. Inzwischen war es dunkler und kälter geworden. Schneesterne tanzten in der Luft – und der Atem stand wie Rauch vor Xanders Mund.
Er bog in den Bärengraben ein, wo der andere Trödelladen war.
Von außen ähnelte er dem am Elefantenweg – mit den bemalten Schalen und Gläsern, den zinnernen Bechern und Tellern, den Ketten und Ringen aus Korallen und Granaten. Auch innen gab es keinen großen Unterschied. Nur stand hier kein vertrockneter Birnenmann, sondern eine Frau mit einem Gesicht so weich wie ein Kopfkissen. Und die Glocke an der Tür läutete in lauter verschiedenen Tönen, fast wie ein Glockenspiel.
»Haben Sie zufällig einen gläsernen Vogel?« fragte Xander.
»Einen gläsernen Vogel?« wiederholte die Bärengruberin. »Was für einen meinst du denn?«
»Einen für den Christbaum, einen ganz alten.« Und er erzählte die Geschichte von dem Vogel, den schon der Urgroßvater an seinen Baum gehängt hatte.
»Solche Vögel sind rar«, antwortete die Bärengruberin. »Wie hieß sie nur gleich, die alte Dame, die mir einen angeboten hat? Pawlowski? Kaminski? Wondraschek? Nein, es war ein anderer Name – aber sie wohnt in der Paradiesgasse.«
»Und – haben Sie ihn genommen, den gläsernen Vogel aus der Paradiesgasse?« fragte Xander atemlos.

Die Bärengruberin schüttelte den Kopf.
»Dann hat sie ihn vielleicht noch – die alte Dame mit dem schwierigen Namen?«
»Kann sein. Kann auch nicht sein.«
»Danke«, sagte Xander. Er ging hinaus, und das Glockenspiel läutete in lauter verschiedenen Tönen.
Die Paradiesgasse war die kleinste von allen Gassen der Stadt. Auf jeder Seite standen sieben Häuser. Doch wer in zweimal sieben Häusern nach einer alten Dame fragen muß, deren Namen er nicht kennt – dem kommt die Paradiesgasse ziemlich groß vor.
Xander fing im ersten Haus auf der linken Seite an.
»Wohnt hier eine alte Dame?« fragte er die junge Frau, die im Erdgeschoß die Tür aufmachte.
»Du sollst wohl etwas abgeben und hast den Namen vergessen«, meinte die junge Frau und lachte.
Xander nickte. Daß er etwas abholen wollte, war bestimmt nicht weiter wichtig.
»Im zweiten Stock wohnt Frau Neugebauer. Ist das der richtige Name?«
»Nein«, entgegnete Xander, »er muß schwieriger sein.«
»Dann fragst du besser im nächsten Haus.«
»Wohnt hier eine alte Dame mit einem schwierigen Namen?« fragte Xander im Haus gegenüber.
»Nein, hier wohnt ein alter Mann, und der heißt Huber – ganz einfach Huber«, sagte der alte Mann und lachte schallend wie über einen richtig guten Witz.
»Wohnt hier eine alte Dame?« fragte Xander den großen Jungen an der Tür nebenan.
»Bei uns nicht. Wie heißt sie denn?«
»Ziemlich schwierig – und sie hat einen gläsernen Vogel«, antwortete Xander verlegen.
»Du hast selber einen Vogel. Klingelst die Leute heraus

und weißt nicht, zu wem du willst.« Die Tür fiel zu, und Xander stand allein im Treppenhaus.
»Wohnt hier eine alte Dame?« fragte Xander viele Häuser später. Er hatte es schon so oft gefragt, daß er nicht einmal hochschaute. Wahrscheinlich lebten überhaupt keine alten Damen in der Paradiesgasse – keine mit einem schwierigen Namen. Wahrscheinlich hatte die Bärengruberin sich geirrt, und Xander suchte in der falschen Gasse.
»Ja, hier wohnt eine alte Dame«, sagte eine helle Stimme, und der Junge hob den Kopf. Vor ihm stand eine alte Dame mit silbergrauem Haar und rosa Backen. »Oh«, sagte er und vergaß weiterzusprechen. Wenn es in der Paradiesgasse einen gläsernen Vogel gab, mußte er hinter dieser Tür zu finden sein.
»Du willst also eine alte Dame besuchen und weißt noch nicht genau, welche«, sagte die alte Dame.
»Sie muß einen schwierigen Namen haben«, erklärte Xander.
»Ist Rosinski schwierig genug?«
Xander nickte. Von dem Vogel sagte er noch nichts, weil man fremden Leuten nicht gleich mit einem gläsernen Vogel in die Tür fallen kann. Bei einem schwierigen Namen mußte alles andere leicht sein. Jedenfalls war es sehr leicht, Fräulein Rosinski zu besuchen. Ehe sich's Xander versah, saß er bei ihr im Zimmer und hatte einen Teller voll Lebkuchen vor sich stehen.
»Zum Essen bin ich eigentlich nicht hergekommen«, meinte er, als nur noch Krümel übrig waren.
»Nein? Hat es dir nicht geschmeckt?«
»Doch«, entgegnete Xander – und erst jetzt sah er sich um. Ein alter Schreibtisch stand da, den man zuklappen konnte – einer mit eingelegten farbigen Hölzern. Die Polster vom Sofa und den Sesseln waren mit Blumen und Schmetterlin-

gen bestickt. Hinter den Bildern steckte Tannengrün und in einem rubinroten Glas goldene Grashalme. Und – unter der Lampe mit den Glastropfen hing ein gläserner Vogel – ein Zwilling von dem, dessen Splitter auf dem Speicher lagen.
»So einen Vogel haben wir auch daheim.« Xander machte eine Pause. »Bis heute nachmittag hatten wir ihn.«
»Und wo ist er jetzt?« fragte Fräulein Rosinski. »Ist er weggeflogen?«
Xander ließ den Kopf hängen.
»Er ist also nicht weggeflogen«, sagte Fräulein Rosinski.
»Nein. Ich hab ihn zerbrochen.«
»Schade, daß wir uns nicht früher begegnet sind«, sagte Fräulein Rosinski und blickte zu dem gläsernen Vogel hinauf. »Vorige Woche hat er noch einen Zwillingsbruder gehabt. Der ist mir beim Staubwischen heruntergefallen. Man soll nicht zu reinlich sein, wenn man mit einem gläsernen Vogel umgeht.«
»Ich bin zu neugierig gewesen«, sagte Xander leise.
Fräulein Rosinski nahm zwei Dosen aus dem Regal – eine blaue und eine weiße. In der weißen war Musik – eine zarte Melodie, als ob silberne Hämmer auf Glas schlügen. In der blauen waren Schokoladenplätzchen. Winzige Schokoladenplätzchen, die jemand für Elfen gemacht haben mußte. In Xanders Jungenhand war Platz für alle – aber er durfte nur immer eins nehmen. »Die sind für Mädchen«, sagte er. »Darf ich noch einen Lebkuchen haben?«
Einen Lebkuchen bekam er nicht, weil keine mehr da waren, aber einen Ingwerkeks.
»Er brennt ein wenig«, warnte Fräulein Rosinski ihn. »Fast wie schlechtes Gewissen.«
Schlechtes Gewissen im Mund war ein komisches Gefühl – und plötzlich sah Xander die Splitter des gläsernen Vo-

gels auf dem Speicher liegen. »Ich muß es meiner Mutter erzählen«, sagte er.
Fräulein Rosinski kramte in einer Schublade und gab ihm eine kleine rote Lackdose.
»Da tust du die Splitter hinein«, schlug sie vor, »und deine Mutter bindet einen silbernen Faden darum.«
»Dann kann er ja doch oben am Christbaum schweben – der silberne Vogel – und niemand weiß, daß er es tut.«
»Beinah niemand«, bestätigte Fräulein Rosinski. »Und jetzt lauf heim. Es ist spät.«
»Danke für alles«, sagte Xander. »Auf Wiedersehen!«
Als er draußen stand, kam ihm die Paradiesgasse ganz verzaubert vor. Kaum wußte er noch die Richtung, und er machte einen Umweg über den Bärengraben. Einen Augenblick schaute er zur Ladentür der Bärengruberin hinein – und das Glockenspiel läutete in lauter verschiedenen Tönen. »Sie heißt Fräulein Rosinski!« rief er der Bärengruberin zu, die gerade einen alten Rauschgoldengel einwickelte.
»Natürlich, Fräulein Rosinski«, sagte sie. »Wie ich das bloß vergessen konnte!«
Und Xander ging weiter – an der Bäckerei vorbei und zur Brunnenfigur. Noch immer hatte sie ein Gespenstergesicht mit dunklen Augenhöhlen; denn noch immer fiel Neonlicht aus dem Laden.
Was Xander seiner Mutter erzählte, blieb ein Geheimnis. Doch am Weihnachtsabend schwebte eine kleine rote Lackdose über den Eiszapfen und Strohsternen. Lautlos schwang sie hin und her. War es die Kerzenwärme, die die Lackdose schwingen ließ? War es ein Luftzug vom Fenster her?
Es konnte auch das Herz des gläsernen Vogels sein, das noch immer klopfte und pochte.

Margret Rettich
Ein Märchen

Als der große Krieg zu Ende war, wohnten die Menschen in den zerstörten Städten unter Trümmern in Kellern und in Erdlöchern. Sie sorgten sich nur noch darum, daß sie jeden Tag etwas zu essen hatten und daß die Feuer nicht ausgingen, an denen sie sich wärmten.
Manchmal dachten sie an die Zeiten, als sie satt wurden und in schönen behaglichen Wohnungen lebten.
Als das Weihnachtsfest nahte, erinnerten sie sich besonders oft. Denn damals war es ihnen gutgegangen. Sie hatten gegessen, getrunken und gefeiert und einander viele Geschenke gemacht.
Alle sehnten sich danach, daß es nur ein klein wenig wieder so wurde wie damals.
Da setzte sich eine Frau in den Kopf, einen richtigen Weihnachtskuchen zu backen. Denn, dachte sie, schaffe ich das, werde ich es als Zeichen nehmen, daß es uns allen irgendwann wieder bessergehen wird.
Sie machte sich auf und kletterte über die Trümmerberge. Wenn sie irgendwo Rauch aufsteigen sah, suchte sie den Eingang zu der Behausung, steckte den Kopf hinein und fragte: »Wer kann mir ein paar Eier, etwas Fett, Mehl und Zucker geben? Ich möchte einen Weihnachtskuchen backen und will gern ein Stück davon abgeben.«
Die meisten Leute lachten die Frau einfach aus.

Doch einmal antworteten welche: »Na ja, Eier könnten wir beschaffen. Wir haben noch ein Huhn, doch nichts mehr, was es picken kann. Es ist so schwach, daß wir es Weihnachten schlachten wollen. Wenn es vorher ein paar Körner hätte, würde es wohl auch noch mal Eier legen. Also würden wir die Eier gegen die Körner hergeben.«
Die Frau lief weiter und fragte nun: »Wer kann mir ein paar Körner geben für ein Huhn, das mir dafür Eier legt, die ich zusammen mit Fett und Mehl und Zucker zu einem Weihnachtskuchen verrühren will. Ich will gern ein Stück davon abgeben.«
Wieder lachten die meisten Leute sie aus.
Nur zwei alte Frauen sagten: »Ein paar Körner könnten wir dir geben. Wir haben den ganzen Sommer auf den Feldern gesucht, was aus den Ähren gefallen ist. Noch heute tut uns der Buckel weh. Aber weil wir seit Monaten nichts anderes als zermahlene Körner essen, möchten wir dafür ein Stück Fleisch, das wir uns braten können.«
Jetzt lachten die Leute noch viel mehr, wenn die Frau sie fragte: »Wer kann mir einen Braten geben, für den ich Körner bekomme, die ein Huhn pickt, das mir dafür Eier legt, die ich mit Fett und Mehl und Zucker zu einem Weihnachtskuchen verbacken will.«
Die Frau wußte selber, daß sie nach ganz unerreichbaren Dingen fragte, aber sie wollte einfach nicht aufgeben. Sie stieg immer weiter über Berge von Schutt und kam schließlich an die Stelle, wo früher einmal ein Park gewesen war. Von den Bäumen waren nur verbrannte Stümpfe übrig. Überall scharrten Leute die Wurzeln heraus, um etwas zum Feuern zu haben.
Die Frau fragte auch hier und wurde auch hier ausgelacht.
Nur ein Junge sagte: »Ich weiß einen Mann, der Vögel fängt, die man braten kann. Wenn ich ein Stück von dei-

nem Kuchen abbekomme, zeige ich dir, wo er sitzt. Denn ich habe noch nie Kuchen gegessen.«

Er führte die Frau an den Rand von einem großen Trichter, den eine Bombe gerissen hatte. Darin stand eine Hütte aus einem verrosteten Auto und einigen Mauerbrocken. Vor der Hütte saß ein Mann. Er briet an einem Stecken einen winzigen Vogelkörper über einem Feuerchen.

Die Frau sagte zu ihm: »Ich brauche einen Vogel für zwei alte Frauen, die mir dafür Körner geben.«

Der Mann sah nicht auf und brummte: »Das ist der letzte Vogel, den ich brate. Danach weiß ich nicht, was ich essen soll. Denn andere Vögel kann ich nicht mehr fangen, meine Schleuder ist kaputt. Das Gummi ist gerissen, als ich es gespannt habe, es war ausgeleiert. Ja, wenn ich ein neues Gummi für meine Schleuder bekäme, könnten wir über einen Vogel einig werden.«

Jetzt wußte die Frau nicht weiter. Woher sollte sie, die fast nichts besaß, Gummi für eine Schleuder nehmen? In ihrem Keller hatte sie einen Topf zum Kochen, einen Löffel zum Essen, eine Decke und ein Feldbett zum Schlafen. Doch da fiel ihr ein, daß dieses Feldbett Riemen hatte, und diese Riemen waren aus Gummi.

Sie rannte, so schnell sie konnte, heim und schnitt aus dem Feldbett einen Riemen heraus. Es war ohnehin schief und hart, mochte es noch schiefer und noch härter werden.

Der Mann war sehr zufrieden. Er probierte die neue Schleuder gleich aus. Schon nach kurzer Zeit hatte er eine magere Krähe erwischt, die er rupfte und der Frau gab.

»Sie ist im Geschmack von einer Taube nicht zu unterscheiden«, sagte er. Die Frau rannte mit dem Vogel zu den beiden Alten und sagte: »Hier bringe ich ein Täubchen, das ihr euch braten könnt.«

Die Alten freuten sich so sehr darüber, daß sie der Frau

eine ganze Papiertüte voll Körner schenkten. Die Tüte hatten sie noch aus besseren Zeiten, und sie hatte ein Loch. Die Frau mußte sie mit beiden Händen halten, denn sie wollte kein einziges Korn verlieren. Erst in ihrem Keller merkte sie, wie viele Körner es waren.
Viel zuviel für das Huhn, dachte sie und mahlte die meisten zwischen zwei Steinen zu einem mehligen Brei. Als sie mühsam die Spelzen und Schalen herausgesammelt hatte, sang sie aufgeregt vor sich hin: »Ich habe Mehl, ich schaffe es, ich habe Mehl, ich schaffe es.«
Mit dem Rest der Körner lief sie zu den Leuten, die das Huhn besaßen. »Nur so wenig?« sagten die. »Damit wird es kaum zu Kräften kommen. Es ist so schwach, daß wir das Schlimmste befürchten. Erst in ein paar Tagen wird sich herausstellen, ob es noch einmal Eier legen kann.«
Die Frau ließ sich nicht entmutigen, noch hatte sie viel vor sich. Zum Weihnachtskuchen fehlten ihr Fett und Zucker. Wieder kletterte sie über die Trümmerberge, wieder fragte sie alle Leute und wieder lachten alle sie aus.
Diesmal geriet sie bis an den Rand der Stadt, wo die Steinhaufen flacher wurden. Dahinter war früher einmal ein Wald gewesen. Jetzt standen nur noch vereinzelte Bäume zwischen den Bombenlöchern.
Manchmal traf die Frau auf eine Wache, die aufpaßte, daß sich niemand an den Bäumen vergriff, sie fällte und als Brennholz wegschleppte. Die Frau wagte nicht, diese Wachen anzusprechen und zu fragen.
Doch einen kleinen, krummen Mann sprach sie an, der unter den Bäumen herumkroch und irgend etwas aufklaubte. Sie sagte: »Ich will einen Weihnachtskuchen backen. Mehl habe ich und Eier vielleicht auch. Nun fehlen noch Zucker und Fett. Ich will gern ein Stück Kuchen abgeben, wenn ich dazu komme.«

Der kleine krumme Mann sagte: »Wer mir hilft, Bucheckern zu sammeln, bekommt von dem Öl ab, das ich daraus presse.«
Die Frau zog ihre Jacke aus, knöpfte sie zu, verknotete die Ärmel und hatte eine Art Sack, in den sie hineinsammeln konnte. Vorher hatten schon viele andere Leute nach Bucheckern gesucht. Es war mühsam, noch welche zu finden. Der kleine krumme Mann zeigte ihr, wie sie die Erde und das Laub zurückscharren mußte. Es dauerte eine ganze Woche, bis ihre Jacke gefüllt war. In seiner Behausung hatte der kleine krumme Mann aus einem Panzerrohr und anderen Teilen, die er in den Trümmern gefunden hatte, eine Presse gebaut. Die Bucheckern in der Jacke ergaben nicht mehr Öl, als in eine halbe henkellose Tasse ging. Aber die Frau war glücklich. Sie trug das Öl behutsam in ihren Keller.
Dann kletterte sie wieder über die Steine, um nach dem Huhn zu fragen, das ihr die Eier legen sollte.
»Fast wäre es an der Anstrengung eingegangen«, sagten die Leute, »doch es hat sich wieder erholt, daß wir es noch eine Weile leben lassen.« Und sie gaben der Frau ein einziges winziges Ei mit einer ganz weichen grauen Schale. Die Zeit drängte nun, denn in fünf Tagen war Weihnachten, und noch immer fehlte der Zucker.
Wenn die Frau danach fragte, lachten die Leute sie nicht aus, sondern wurden böse.
»Zucker«, riefen sie, »wir erinnern uns nicht einmal mehr, wie Zucker schmeckt! Woher soll unsereins Zucker nehmen? Zucker hat nur einer hier!«
»Wer?« fragte die Frau.
Die Leute sagten: »Der Mann, der ALLES hat. Sieh dich um, wo er wohnt.« Die Frau irrte umher. Sie war hungrig. Sie wurde schwach und müde. Sie hatte wunde Füße. Wenn

sie abends auf ihrem Feldbett lag, auf dem sie kaum einschlafen konnte, seit der Riemen fehlte, mußte sie hart bleiben. Sie mußte alle Kraft zusammennehmen, um nicht das Wenige aufzuessen, das sie für ihren Weihnachtskuchen zusammengetragen hatte.
Einen Tag vor Weihnachten fand sie irgendwo in der Stadt ein Gebäude, das fast heil geblieben war. Das Dach hatte Ziegel, und einige Fenster hatten Glas, die anderen waren sauber mit Brettern vernagelt. Aus dem Kamin kam dicker Rauch. Die Frau wußte sofort, daß hier der Mann wohnen mußte, der ALLES hatte.
Sie klopfte an die Tür.
Der Mann, der aufmachte, hatte einen richtigen Anzug an. Er rauchte eine richtige Zigarre. Neben ihm stand ein richtiger Hund. Wer konnte noch einen Hund mit durchfüttern? Hinter dem Mann strömte so viel Hitze aus dem Haus, daß die Frau draußen sich daran wärmen konnte.
»Was ist?« fragte der Mann, und der Hund knurrte.
»Ich brauche Zucker«, sagte die Frau. Der Mann, der ALLES hatte, lachte die Frau weder aus noch wurde er böse. Er fragte nur: »Was bekomme ich dafür?«
»Ein Stück von meinem Kuchen, den ich davon backen will«, sagte die Frau, »sonst habe ich nichts.«
»Doch, den Ring«, sagte der Mann.
Die Frau erschrak.
Der Ring war von ihrem Mann, der in den Krieg gemußt hatte und vielleicht nie wiederkommen würde. Dann dachte sie an die vielen Leute, denen sie ein Stück Kuchen versprochen hatte und zog den Ring ab. Sie bekam dafür eine Handvoll Zucker.
Nun hatte die Frau alles beisammen, was sie brauchte.
Sie knetete aus dem Körnermehl, dem Zucker, dem Ei und dem Bucheckernöl einen Teig. Mit ihrem letzten Holz

machte sie Feuer und backte einen kleinen harten Kuchen. Den teilte sie in viele Teile.
Am Heiligen Abend machte sie sich auf.
Sie brachte den Leuten mit dem Huhn ein Stück. Da schenkten die ihr noch ein Ei.
Sie brachte den beiden Alten ein Stück. Da schenkten die ihr noch mal Körner. Sie brachte dem Jungen ein Stück, der im Park Wurzelholz gesucht hatte. Da schenkte der ihr Holz.
Sie brachte dem Vogelfänger ein Stück, da schenkte der ihr einen lahmen Spatzen, der von der Schleuder getroffen war.
Sie brachte dem kleinen krummen Mann ein Stück. Da schenkte der ihr eine Scherbe voller Öl, in der ein Docht schwamm, das war eine Lampe.
Nun hatte die Frau noch zwei Stücke von ihrem Kuchen übrig. Eigentlich sollte ich beide selber essen, dachte sie, doch es ist Weihnachten. Sie klopfte bei dem Mann, der ALLES hatte und schenkte ihm das vorletzte Stück Kuchen, wie sie es versprochen hatte.
»Mach happ«, sagte der Mann zu seinem Hund, und der Hund machte happ. Dann ging die Frau nach Hause.
Sie fachte die Öllampe an, machte mit dem Holz ein warmes Feuer, kochte aus den Körnern und dem Ei einen Festtagsschmaus, gab dem zahmen, lahmen Spatzen ein paar Krümel und wollte in den Kuchenrest beißen.
Aber sie legte den Kuchen vor sich hin und sah ihn an.
Eigentlich war sie satt.
Ich bin satt! dachte sie, mir ist warm, es ist hell. Welch ein Weihnachtsfest! Wieviel Geschenke habe ich bekommen, und wieviel Freude habe ich gehabt! Ich habe es geschafft, in dieser schweren Zeit einen Kuchen zu backen. Und darauf bin ich stolz.

David Henry Wilson

Der Mann im braunen Mantel

»Das Dumme an Weihnachten«, sagte Jeremy James, »ist die Zeit danach.«
»Die Zeit wonach?« sagte Mama – sie schmückte gerade den Weihnachtsbaum ab.
»Nach Weihnachten«, sagte Jeremy James.
»Ich dachte immer, die Zeit dazwischen«, sagte Papa und versuchte krampfhaft, sich einer Papierkette zu entwinden, die sich hartnäckig dagegen sträubte.
»Nein, die Zeit dazwischen ist eigentlich in Ordnung«, sagte Jeremy James, »weil man sich da auf die Geschenke freuen kann. In der Zeit danach kann man sich auf nichts mehr freuen.«
»Das stimmt«, sagte Papa, »man kann sich höchstens auf *nächstes* Weihnachten freuen.«
»Das ist zu lang«, sagte Jeremy James.
»Genau wie diese verdammte Papierkette«, sagte Papa. »Die reinste Boa Constrictor, aber keine Papierkette!«
»Ich finde, Weihnachten sollte fast jeden Tag sein«, sagte Jeremy James, »dann könnten wir uns die ganze Zeit freuen.«
»Wenn jeden Tag Weihnachten wäre, würde man nie mit der Arbeit fertig«, sagte Mama.

Das war eine typische Erwachsenenbemerkung. Die Erwachsenen schienen zu glauben, die Arbeit ist das einzige, worauf es ankommt – Spiel und Spaß sind daneben ganz und gar unwichtig. Das Leben war für sie Kartoffeln, Fleisch und Kohl – Eis (eine winzige Portion) gab es nur, wenn »es die Zeit erlaubte«. Die Erwachsenen schienen nicht zu merken, daß sie *viel* glücklicher waren, wenn sie Spiele spielten und sich Geschenke machten. Jeremy James war dann nämlich auch viel glücklicher. Sie brauchten ja nur so zu tun, als sei jeden Tag Weihnachten, dann wären sie bis an ihr Lebensende glücklich und zufrieden. Wozu überhaupt arbeiten, wenn man sich damit bloß den Spaß verdarb?

»Warum *muß* man überhaupt arbeiten?« sagte Jeremy James.

»Gute Frage«, sagte Papa. »Ich frag mich das manchmal auch.«

»Wenn Papa nicht arbeiten würde«, sagte Mama, »hätten wir kein Geld, um unser Haus zu bezahlen, kein Geld zum Essen, Kleider kaufen und für alles andere. Und wenn ich nicht arbeiten würde, hättest du nichts zu essen und anzuziehen und das Haus wäre . . . noch unordentlicher als es schon ist.«

»Vielleicht könntet ihr immer einen Tag arbeiten und am nächsten Tag Weihnachten feiern«, sagte Jeremy James, »das wäre gerecht.«

Papa war einverstanden, und Mama sagte, vielleicht tun sie das, wenn die Kohlen mal stimmen, und Jeremy James sagte, er wüßte gar nicht, daß sie Kohlen hätten, und Mama sagte, das sollte bloß heißen, wenn sie sehr reich seien, und Papa sagte, ebensogut könnte man auch sagen, wenn Schweine eines Tages mal Flügel haben.

»Jedenfalls«, sagte Papa, »ich finde, Jeremy James hat

recht. Wenn wir das ganze Jahr Weihnachten feierten, wären die Menschen glücklicher, die Welt wäre schöner, und ich brauchte mich nicht mit diesen verdammten Papierketten herumzuschlagen.«

Es bestand kein Zweifel – Weihnachten war ein für allemal vorbei. Der Truthahn, der Weihnachtspudding und die Pasteten waren verspeist, der Weihnachtsbaum wurde abgeschmückt, die Post brachte keine Pakete und Weihnachtskarten mehr, und sogar der knirschende, weiße Schnee hatte grauem Matsch Platz gemacht. Es war, als ob sich die ganze Welt zum Kranksein entschlossen hatte. Jeremy James fühlte sich elend und niedergeschlagen, bis er plötzlich eine sehr interessante Idee hatte.

»Sind die Geschäfte jetzt wieder offen?« fragte er.

»Ja«, sagte Mama.

»Aha!« sagte Jeremy James. Die interessante Idee wurde immer interessanter. »Ich hab noch ein bißchen Geld von Weihnachten übrig«, sagte Jeremy James.

»So?« sagte Mama.

»Ja«, sagte Jeremy James.

Einen Augenblick lang herrschte Schweigen. Mama schien nicht zu begreifen, daß Jeremy James eine interessante Idee hatte.

»Wenn die Geschäfte offen sind«, sagte Jeremy James, »könnte ich doch etwas von meinem Geld ausgeben.«

»Ich hab jetzt keine Zeit zum Einkaufen, mein Junge«, sagte Mama, die mit dem Abschmücken des Weihnachtsbaumes beinah fertig war und nun Papa abschmückte.

»Kann ich bloß mal zu dem Süßwarenladen um die Ecke?« fragte Jeremy James.

»Ja, das kannst du«, sagte Mama. »Aber mehr als fünfzig Pfennig gibst du nicht aus!«

Das machte die interessante Idee etwas weniger interessant

als sie zuerst gewesen war, aber fünfzig Pfennig ausgeben war immer noch wesentlich interessanter als gar nichts auszugeben.

»Kann ich mit meinem neuen Dreirad hinfahren?« fragte Jeremy James.

»Wenn du nicht auf der Straße fährst, ja«, sagte Mama.

»Alles Bürgersteig bis dahin«, sagte Papa. »Aber fahr keine Omas um, und überschreite ja nicht die Geschwindigkeitsbegrenzung!«

Die interessante Idee wurde zur interessanten Wirklichkeit. Jeremy James, in Schal und Mantel eingepackt, ließ funkelnde fünfzig Pfennig in seine lederne Satteltasche gleiten, klingelte laut mit seiner funkelnden silbernen Klingel und begab sich an den Start, um einen neuen Dreirad-Weltrekord auf der mit spritzendem, schmatzenden, schleimigen Matsch bedeckten Strecke zwischen zu Hause und dem Süßwarenladen aufzustellen. Kein Mensch war auf dem Bürgersteig, und mit einem lauten »Brrrm« gab Jeremy kräftig Gas, seine Beine wirbelten durch die Luft wie rosa Feuerräder. Als er sich der Ecke näherte, ging er mit dem Tempo ein bißchen runter, ließ ein lautes »Errrgh« ertönen, das jedem Weltmeister Ehre gemacht hätte, und raste schnurstracks in einen weichen, braunen Haufen, der ganz wabblig und verschrumpelt war und ein Geräusch von sich gab, das ziemlich ähnlich klang wie Jeremy James' »Errrgh«, bloß lauter und tiefer. Als die weiche, verschrumpelte, braune Masse sich vom Bürgersteig wieder aufgerappelt hatte, stellte Jeremy James fest, daß es sich um einen Mann in einem braunen Mantel handelte. Der Mann in dem braunen Mantel war offensichtlich nicht gerade begeistert von seiner ersten Begegnung mit Jeremy James; als er sich den Matsch vom Mantel klopfte, guckte er ziemlich wütend auf Dreirad und Fahrer und sagte:

»Paß doch auf, wo du hinfährst mit dem Ding! Kannst einen ja umbringen damit! Jawohl, umbringen!«
»Tut mir schrecklich leid«, sagte Jeremy James, »ich hab dich nicht gesehen!«
»Um die Ecke gucken kann ja wohl auch keiner«, sagte der Mann im braunen Mantel. »Deshalb soll man langsam um die Ecken fahren. Dann rast man nicht in andere Leute und bringt sie um!«
Der Mann im braunen Mantel war ziemlich alt, und sein Mantel war auch ziemlich alt, der war nämlich ganz zerris-

sen und abgewetzt. Als er damit aufgehört hatte, Jeremy James wütend anzugucken, wurde sein Gesicht sanfter, obwohl es mit sperrigen Stoppeln übersät war und nicht gerade sehr sauber schien.

»Das hast du wohl zu Weihnachten gekriegt, was?« sagte er und nickte in Richtung Dreirad.

»Ja«, sagte Jeremy James, »und es hat eine Klingel *und* eine Satteltasche.«

»Sieht man«, sagte der Mann. »Solide gebaut, das hab ich gespürt. Wenn einem so ein solides Ding in die Knochen fährt, dann merkt man, *wie* solide es ist.«

Der Mann im braunen Mantel setzte sich auf eine Vorgartenmauer und zog eine halbgerauchte Zigarette aus der Tasche. Jeremy James stellte fest, daß der Mann graue Handschuhe trug, wo oben die Finger aus den Spitzen rausguckten, und an den Füßen trug er schwarze Schuhe, wo vorne die Zehen rausguckten.

»Frieren dir nicht die Finger und Zehen?« fragte er den Mann.

»Weiß ich nicht«, sagte der Mann, »ich spür sie nicht mehr.«

»Warum hast du nicht dem Weihnachtsmann gesagt, er soll dir Handschuhe und Schuhe zu Weihnachten bringen?« sagte Jeremy James. »Jetzt ist es zu spät.«

»Der Weihnachtsmann bringt mir sowieso nichts«, sagte der Mann. »Für solche wie mich hat er keine Zeit.«

»Hast du *gar keine* Weihnachtsgeschenke gekriegt?« fragte Jeremy James. »Nicht mal von deiner Mama und deinem Papa?«

»Hätte mich sehr gewundert«, sagte der Mann, »die sind nämlich schon zwanzig Jahre tot. Nee, mein Junge, so alten Männern wie mir schenkt keiner mehr was. Die Leute gehn an mir vorbei, oder sie rennen mich um.«

»Ich wollte dich ja nicht umrennen«, sagte Jeremy James. »Und ich hab auch ›Entschuldigung‹ gesagt.«
»Weiß ich, Junge«, sagte der Mann. »Und du hast ja auch mit mir geredet.«
Der Mann zog an seiner Zigarette und blies eine kleine Rauchwolke in die Luft. Er war wirklich ziemlich dreckig. Seine Haare, sein Gesicht, seine Sachen und sogar seine Fingernägel waren dreckig.
»Warum bist du so dreckig?« fragte Jeremy James.
»Alles bloß Schutz«, sagte der Mann. »Dreck schützt gegen die Kälte, verstehst du. Wenn der Weihnachtsmann mir ein schönes warmes Haus, schöne saubere Sachen und ein schönes warmes Weihnachtsessen bringen würde, dann braucht ich auch den ganzen Dreck nicht.«
»Ich glaube, der Weihnachtsmann bringt solche Sachen nicht einfach so als Geschenk«, sagte Jeremy James, »dafür muß man arbeiten.«
»Da hast du recht«, sagte der Mann, »deshalb bin ich so dreckig.«
Trotzdem fand Jeremy James es ein bißchen ungerecht, daß der Mann im braunen Mantel gar nichts zu Weihnachten gekriegt hatte, und er hatte wieder eine sehr interessante Idee. Sie mußte aber noch ein bißchen ausgebrütet werden, denn fünfzig Pfennig sind schließlich fünfzig Pfennig, aber das Brüten dauerte nicht lange.
»Kannst du mal einen Augenblick warten?« fragte Jeremy James.
»Ich glaub schon«, sagte der Mann. »Hab heute keine dringenden Verabredungen.«
»Brrm, brrrmm«, machte Jeremy James und raste mit Rekordgeschwindigkeit los. »Bin in einer Minute wieder da«, rief er noch im Losfahren.
Und tatsächlich war er in einer Minute wieder da. Mit lau-

tem »Errgh« stoppte er quietschend neben dem Mann im braunen Mantel. Dann stieg er von seinem Dreirad und ging an die Satteltasche.
»Augen zu und Hand hinhalten«, sagte er zu dem Mann im braunen Mantel. Der Mann tat wie befohlen, und als er die Augen wieder aufmachte, stellte er fest, daß er eine volle Schachtel Lakritzbonbons in der Hand hielt.
»Ein Weihnachtsgeschenk«, sagte Jeremy James.
Der Mann im braunen Mantel sah erst die Schachtel Lakritzbonbons und dann Jeremy James an. Dann sah er wieder die Schachtel und dann wieder Jeremy James an.
»Wie heißt du, Junge?« sagte er schließlich.
»Jeremy James«, sagte Jeremy James.
»Jeremy James«, sagte der Mann, »das ist das beste Weihnachtsgeschenk, das ich je gekriegt habe. Und wenn es von Jesus selber käme – es könnte nicht schöner sein. Ich werd dich nicht vergessen, Jeremy James!«
Dann stand der Mann im braunen Mantel auf und klopfte Jeremy James sanft mit einer Hand in dem kaputten Handschuh auf den Kopf.
»Muß jetzt weiter. Aber ich werd an dich denken, Jeremy James!«
»Frohe Weihnachten!« sagte Jeremy James.
»Dir auch!« sagte der Mann.
Und dann ging der Mann langsam in die eine Richtung, und Jeremy James raste mit Höchstgeschwindigkeit in die andere. Es hat doch sehr viel für sich, dachte Jeremy James bei sich, wenn jeden Tag Weihnachten ist.

Aus dem Englischen: Helmut Winter

Quellennachweis

Alle Erzählungen dieses Bandes
sind Originalbeiträge bis auf folgende:

Erich Kästner, Felix holt Senf

Aus: Erich Kästner, Das Schwein beim Friseur
und andere Geschichten
Cecilie Dressler Verlag, Hamburg 1978

James Krüss, Der Weihnachtsbaum im Niemandsland

Aus: James Krüss, Mein Urgroßvater, die Helden und ich
Verlag Friedrich Oetinger, Hamburg 1967

Astrid Lindgren, Pelle zieht aus

Aus: Astrid Lindgren, Sammelaugust und andere Kinder.
Verlag Friedrich Oetinger, Hamburg 1967

Ursula Wölfel, Die Weihnachtslüge

Aus: Gertrud Mielitz (Hrsg.) Sei uns willkommen schöner Stern.
Verlag Ernst Kaufmann, Lahr/Schwarzwald 1969.

Wir danken dem Verlag Ernst Kaufmann
für die freundliche Abdruckgenehmigung.